错觉侦探团 2

★妖怪坡神秘失踪事件★

[日]藤江纯◎著

[日]吉竹伸介◎绘

李建云◎译

北京联合出版公司
Beijing United Publishing Co.,Ltd.

图书在版编目（CIP）数据

妖怪坡神秘失踪事件 ／（日）藤江纯著 ；（日）吉竹
伸介绘 ；李建云译 . —— 北京 ：北京联合出版公司，
2022.2（2023.12 重印）
　（错觉侦探团）
ISBN 978-7-5596-5751-0

Ⅰ. ①妖… Ⅱ. ①藤… ②吉… ③李… Ⅲ. ①儿童小
说 - 推理小说 - 日本 - 现代 Ⅳ. ① I313.84

中国版本图书馆 CIP 数据核字（2021）第 235167 号

SAKKAKU TANTEIDAN 2 OBAKEZAKA NO KAMIKAKUSHI
©Jun Fujie 2015
©Shinsuke Yoshitake 2015
First published in Japan in 2015 by KADOKAWA CORPORATION, Tokyo.
Simplified Chinese translation rights arranged with KADOKAWA CORPORATION, Tokyo
through BARDON-CHINESE MEDIA AGENCY.
Simplified Chinese translation copyright © 2022 by Beijing Tianlue Books Co., Ltd.
All rights reserved.

妖怪坡神秘失踪事件

著　者：［日］藤江纯
绘　者：［日］吉竹伸介
译　者：李建云
出品人：赵红仕
选题策划：北京天略图书有限公司
责任编辑：夏应鹏
特约编辑：高　英
责任校对：石玲瑞　钱凯悦
美术编辑：刘晓红

北京联合出版公司出版
（北京市西城区德外大街 83 号楼 9 层　　100088）
北京联合天畅文化传播公司发行
北京盛通印刷股份有限公司印刷　　新华书店经销
字数 200 千字　　787 毫米 ×1092 毫米　　1/32　　16.25 印张
2022 年 2 月第 1 版　　2023 年 12 月第 4 次印刷
ISBN 978-7-5596-5751-0
定价：69.00 元（全 3 册）

目录

错觉侦探团

佐佐木文太

最喜欢吃东西、玩电脑和手机。

坂上翔

平坂町小学四年级一班生活小组一小队的队长,和队员们成立了"错觉侦探团"。

山本柚佳

在上镇上的空手道培训班,父亲是夜母津警署的刑警。

七尾叶月

在电视剧中饰演儿童角色。

二谷博

整天穿着有点脏兮兮的白大褂,住在小翔家附近,似乎在搞什么研究。

蓬佐

二谷饲养的狗,毛为白底褐纹,背上有奇特的斑纹。

本间音也

转学来到小翔他
们班级的天才小
提琴家。

高见川麻理

住在坡上洋房里
的漂亮女人。

草叶影彦

神秘的娱乐报道
撰稿人，一天到
晚戴墨镜、穿黑
色皮夹克。

坂上亚美

小翔的妈妈，
有时候比小翔
更孩子气。

山本秀一

柚佳的父亲，
夜母津警署的
刑警。

权田武造

二谷家隔壁夜母
津神社的神官。

1 转学生与学校的幽灵

坂上翔不知所措。

放学后，教室里只剩下了两个人，他和一声不吭的转学生。

究竟该说些什么才好呢……

今天早上，平坂町小学四年级一班来了一名转学生。

"我叫本间音也，请多关照。"

这名同学在讲台上就只生硬地寒暄了这么一

句。他长得瘦瘦高高，给人乖巧的感觉；栗褐色的头发蓬松干爽，眉清目秀——所谓的美少年，说的大概就是这样的男孩子吧。

教室里的女生们一个个也都心神不定地在相互传递眼神："喂，帅吧？""哇——简直就是王子！"

"哎——我们让本间同学加入生活小组一小队。"老师像是为了让吵闹声安静下来，轻轻地清了清嗓子，继续说道，"座位嘛，就坐在一小队队长坂上同学旁边。同学们，对待新同学要热情一点哦。"

转学生却根本不理会周围同学的反应，径直走到坂上翔旁边，一屁股坐下了。

放学后——

老师嘱咐一小队说："本间同学刚来镇上，只怕不大认得路，今天就由你们一小队送他回家吧！"

队里其他三名成员不是值日就是负责倒垃圾，全都还没回来，空荡荡的教室里就只剩下了坂上翔和完全一声不吭的本间同学两个人。

"啊——哎——本间同学，只要送你到夜母津神社后面那里就行，对吧？”

小翔提的问题没有得到回应。坐在窗边的本间同学就只顾托着腮帮子，望着校园。

听老师说，本间同学的父母是音乐家，即将踏上长期的巡演之旅，于是就把本间同学一个人暂时寄养在平坂町的某位亲戚家里。

离开父母，独自一个人待在陌生的小镇，肯定感到非常胆怯吧。

小翔自己也是，爸爸独自一人去了外地工作，总也不在家，所以本间同学的寂寞心情他好像多少能明白一点……

况且本间同学现在和自己一个小队。多么希望尽量热情地对待他，帮助他尽快地融入这所学校啊！

小翔就这样一边想着，一边寻找交谈的突破口，这时，教室的门嘎啦一声开了。

“对不起，我来晚了。”

七尾叶月拢了拢长发，笑眯眯地来到小翔身边。接着，山本柚佳也鼓着腮帮子进来了，抱怨说："真是的，今天的垃圾不是一般地多啊！"

3

这两人和小翔一样，也是一小队的成员。剩下还有一名队员，就是佐佐木文太。他今天值日，按老师的吩咐去了体育仓库，还没有回到教室。

叶月踩着小碎步快速走到坐在窗边的本间同学身旁，对他说："那个——如果我弄错了，还请原谅，本间同学莫非就是那个有名的少年小提琴家本间音也？"

本间同学抬起头，直直地注视着叶月说："……我也不知道有名不有名，不过，我确实会拉小提琴。"

"果然是你！"叶月激动得双手在胸前啪地一拍。

"什么？你说什么？"柚佳问，眼睛直眨巴。

"前阵子杂志上刊登了一篇报道，标题是《十岁天才小提琴家本间音也 出道专辑获全球赞誉》。读的时候我还想呢，和我年纪一样大，人家这也太了不起了！"

"小提琴？……啊，木头做的盒子一样的东西，拉的时候吱嘎吱嘎响，对吗？"

听了柚佳的话，本间同学噗嗤一声笑了："想

要发出吱嘎吱嘎的声音反而挺难的……"

小翔一边感叹，一边又重新看了一眼本间同学端正的脸庞。

不仅是美少年，而且是有才华的天才小提琴家？

太厉害了，不是吗？

"小提琴啊，真想听听呢。"

小翔这样一说，叶月和柚佳也使劲地点头。

"嗯——过几天吧。"

不知为什么，本间同学回答时口齿不大清楚，并且还微微垂下了眼帘。接着，像是有意改变话题，他转过头来面对着叶月，露出了害羞的笑容。

"……那个，我也知道七尾同学。《年轻女老板是女巫？》，我一直看来着。"

"哇——你也在看！好开心！"

叶月双手捂嘴，发出低低的欢呼声。

"《超能姐妹在行动！》也看的。"

"真的？"

"嗯。收拾歹徒的动作简直帅呆了！那是你亲自上阵吗？还是用了替身？"

"就是叶月本人演的。必须的嘛！"柚佳使

劲挺起胸膛说，"因为那招杀手锏徒手削吧，是我教给叶月的。"

七尾叶月是当红童星。《年轻女老板是女巫？》是叶月出演的一部电视连续剧，一直保持着高收视率，上个月才刚迎来了大结局。在随后开播的《超能姐妹在行动！》中，叶月扮演女一号庭野桃的妹妹。

顺便说一句，在电视剧里，每一集都有叶月与歹徒搏斗的场面，而这些动作，是擅长空手道的山本柚佳在学校午休时间指导叶月练的，柚佳在这件事上可谓尽心尽力。

就这样，本间同学开始对小翔他们打开了心扉。就在这时，走廊响起呱嗒呱嗒的脚步声，佐佐木文太滚也似的飞奔进教室。

"不、不、不得了！"

"怎么啦？"

小伙伴们吓了一跳，赶忙跑到倒在门口的文太身边。

"脸、脸，有张脸……"

"脸？"

文太吓得魂不附体，说的话让人压根儿听不懂。为了使他平静下来，叶月轻柔地摩挲着文太的胳膊，温柔地问他："文太，你还好吗？发生了什么事？"

"那边的，"文太颤抖着指向教室外面，"体育仓库隔壁有间小屋不是？"

"是啊，记得是有间放消防用品之类的仓库。"小翔说着点点头。

"对。就是那里。门口有一张很大的脸，眼睛凹陷，好像在喊救命……肯定是这间学校的幽灵……"

"……？"

学校的幽灵？虽说已经放学，可天还是亮的，即便真有幽灵或者妖怪，这出没的时间也太早了点，不是吗？

正当小翔他们面面相觑时，不料本间同学却兴奋地说："太好玩了！这间学校有幽灵吗？"

"嗯——"小翔挠着头说，"怎么说呢，以前没怎么听说呀。"

"我好想看幽灵！"本间同学兴奋得都要从

座位上站起来了。

"好——吧！"小翔为了给小伙伴们鼓气，举起右拳说道，"大家一起去看个清楚！"

小翔他们来到了位于校园一角的体育仓库前面。

明亮的阳光洒在操场上，足球社团的同学们正在热火朝天地练习传球；就在他们旁边的花坛，一群高年级女生在快活地一边说笑，一边拔草——怎么看都无法想象这样的地方会发生什么怪异现象。

"喂——真有幽灵出没吗？"柚佳戳着文太那胖乎乎的胳膊问。

"真的，真的。就在那里……"文太指着仓库的卷帘门说，"那里有张可怕的脸……"

盖在体育仓库隔壁的小屋，是储备水和食物等防灾物资的仓库。那里门口的驼色卷帘门锁得好好的。

"什么也没有啊。"小翔摸着卷帘门的把手，耸耸肩说。

"肯定已经消失了。不过可能还会出现的。"文太说着猛地一哆嗦。

"啊！"一直在仔细察看卷帘门的本间同学叫起来，"佐佐木同学，我问你，你是在什么样的状况下看到幽灵的？"

"我想想，那时候——对了，体育仓库里面不是积满灰尘，很昏暗，有点可怕吗？所以我提心吊胆地办完了事，走出仓库以后，就想歇一歇，从口袋里摸出了糖……"

"糖？"小翔他们同时叫出声来。

"学校禁止带零食，你不知道？"柚佳噘起嘴责备文太道。

"话是没错啦——咳，都放学了，有什么关系嘛！"吃货文太镇定自若，一脸满不在乎的神情。

"然后发生了什么事？"叶月催促他往下讲。

"嗯。从口袋往外掏的时候，糖掉到了地上，我就蹲下来打算捡……"文太弯下他那圆滚滚的身体，再现了当时的状况，"就这样，从两条腿中间看卷帘门的时候，就看见了可怕的脸。"

"原来是这样！"本间同学说着打了个响指，"喂，我们都学佐佐木同学的姿势来观察卷帘门吧！"

他说着就上半身前倾，把手搭在膝盖上，把

脸从两条长腿中间露出来。也就是所谓的"胯下看"姿势。

怎么回事？天才美少年的想法还真不好理解……

小翔这样想着，也把脸从双腿中间露出来。接着，柚佳和叶月也有样学样。

这一来……

"脸！"小伙伴们齐声喊叫道。

卷帘门上有一个银色的圆形钥匙孔，钥匙孔

下面有两个并排的、宽十厘米、长约三厘米的细长把手。如果以普通姿势看，就是稀松平常的钥匙孔和把手；一旦换成"胯下看"的姿势颠倒过来看，钥匙孔看起来就像"嘴"，把手就像"眼睛"！

把手"幻化"的眼睛空洞无神，看起来确实有点像可怕的脸。

"喂，"本间同学恢复到正常的姿势，笑着对小翔说，"这下算是发现幽灵的真面目了！"

"真是的。我还想呢，万一幽灵出没，就消灭它！"柚佳嘟嘟囔囔地抱怨着，同时右手握拳，在空中咻咻咻地挥舞。

"原来是这样啊！"文太苦笑着直挠头。

"幽灵真身现，枯萎芒。"

这是小翔先前从妈妈那里听来的好词好句。

妈妈还曾经解释说："枯萎芒指的是芒草的穗。当你感到害怕，瑟瑟发抖的时候，根本不值一提的东西也能看成幽灵或者妖怪。"

这句话眼下正好适用于文太的情况。

"听我说，"叶月对小翔说，她仍旧保持着"胯下看"的姿势，脸也上下颠倒着，"难道这个也跟错觉、视错觉有关系？"

"对啊！把卷帘门看成了脸，就是错觉！我发现了新的错觉！"文太叫喊着，又高兴得欢蹦乱跳起来。

"怎么说呢——"小翔双手抱胸说道，"难道这不是单纯地看错了吗？"

"暂时就先把它归入侦探团的档案怎么样？"叶月笑着建议道。

"对，先写上吧。"

见小翔点头同意，感到奇怪的本间同学就问他："什么侦探团？"

"哦，我们几个成立了'错觉侦探团'。"

是的，坂上翔、山本柚佳、七尾叶月、佐佐木文太等四人刚刚组建"错觉侦探团"没多久。

以为大，其实小；看着长，其实短。

这些不可思议的错觉现象就隐藏在日常生活当中，对这些现象进行调查，就是他们侦探团的任务。

大约一个月前，当企图利用错觉瞒天过海的诈骗案发生的时候，小翔他们的"错觉侦探团"

还曾经帮忙揭开了事件的真相。

小翔简单地做了一番说明，本间同学听了顿时两眼放光，长长地舒出一口气。

"是吗，听起来挺好玩的。"

"嗯。还有一个教我们错觉知识的顾问——对了，今天的错觉，是本间同学察觉到的，要不你也加入我们团？"

"可以吗？"

"当然可以！"

小翔他们四个使劲点头表示欢迎。

回家路上，已经完全融入其中的本间同学和小翔他们四个边走边聊。正聊着，他们看见一只小狗飞奔进了步行道对面的公园。

"咦，那不是蓬佐吗？"

"蓬佐"是"错觉侦探团"的顾问二谷叔叔饲养的狗。

听叶月这么说，小翔忙朝公园望去，却见花坛前面孤单地坐着一只小狗，白毛上带着茶褐色斑纹，背上有两个茶褐色的圆点——

没错，就是蓬佐。它怎么跑到这种地方来了……

只见蓬佐左右张望了几下以后，猛地又朝公园里发足狂奔。

它究竟要去哪里？

"追上它！"

于是，小翔他们四个，外加本间同学，抬腿去追蓬佐。

2 妖怪坡的洋房

坂上翔跑得筋疲力尽。

他以后再也不要跑上坡路了。

不过那道上坡，其实是一道下坡……？

　　小翔他们沿着马路边的步行道一直埋头苦追，追了小狗蓬佐将近 15 分钟。尽管这样，还是很难缩短他们跟蓬佐之间的距离。

　　估计它是被什么东西迷住了，任凭小翔再怎么大声呼唤，它也完全没察觉，只顾不知疲倦地、一个劲儿地往坡上飞奔。

不知不觉间，周围的景象变得陌生起来。

平缓的上坡道沿线，是成片成片郁郁葱葱的杂树林和竹林，林中星星点点地盖着住宅。看样子，他们跑到相当远的地方来了。

大马路往左拐了一个大大的弯，右手边是一面杂草丛生的斜坡，坡上能看见一条平缓的上坡小路，一直通向小山岗。

杂草丛生的小路入口，躺着一只西瓜大小的红色皮球，大概是附近的小孩玩落下的。

跑在小翔他们前面的蓬佐，似乎被这个球吸引了注意力，突然一个急转弯，跑上小路，拿鼻尖去拱那个球。

那条小路是一条平缓的上坡路。

是的，那里确实应该是一道上坡。

然而……

不知是什么缘故，红球竟然开始沿坡道骨碌骨碌滚动，一路往上滚！

——假设球放在滑梯的最下方。

这时如果你把手放在那个球上，把它轻轻往

上推，即使它能够往上滚动一小段距离，照道理也会回到原来的位置，并且很快停止运动；而球哧溜哧溜一路往上滚，一直滚到滑梯顶端的情形，是不可能发生的——

然而，眼前的红球又怎么样呢？蓬佐明明只用鼻尖顶了它一次，仅仅一次，它却实实在在地朝着山坡上面势不可挡地滚上去了……！

这只爬坡的球很快便滚进了一旁的竹丛中，蓬佐也跟着它一起进了竹丛……然后，蓬佐和球都消失在了茂密的杂草丛中，不见了踪影……

小翔边跑边回头去看身后的小伙伴们："你们都看见了吗？"

"嗯！"本间同学大声喊着回应，"看见了！球自个儿滚上坡去了！"

"怎——么回事？"柚佳问。

叶月和文太虽然跑得"哈啊哈啊"直喘气，不过两人都一个劲儿地直点头。

"总之先把蓬佐抓住再说！"

蓬佐一拐入起伏不大的小路就立刻不见了，所以小伙伴们决定从那里进竹丛搜寻。

斜坡上有树有小矮竹，脚下的地面遍布植物的根茎，有高有低，不好下脚。

"蓬佐，你在哪儿？"

小翔他们边大声呼喊边分开矮竹，抓住树枝，沿山野小路爬上斜坡，放眼一看，树丛中隐约能看见一幢房子。他们似乎来到了山岗顶上。

这幢洋房看来有些年头了，就这样孤零零地建在树木环抱的高岗上，外墙爬满常春藤，是西洋风格的两层小楼，两扇凸窗中间是厚重的木结构玄关——但是，没有看到像门牌的东西。

小伙伴们一边调整呼吸一边在房子前面齐齐站定。

"……怎么感觉像女巫的城堡。"叶月嘟囔道。

确实有这样的感觉。丝毫感觉不到里面有人居住的气息，有些令人毛骨悚然。

目标蓬佐不见踪影，四下里又寂静得可怕。

"门锁着……"文太咔嗒咔嗒地转了转玄关的门把手，接着又透过实木百叶窗往屋内偷瞧，"里面好像一个人也没有。"

"蓬佐——"

就在小翔双手捂嘴喊它的时候，他们身后响起了尖厉的高音：

"你们怎么回事？"

小伙伴们吓了一跳，回头一看，只见那里站着一位格外漂亮的女人。

她留一头长发，中分发型，身穿高雅的灰色连衣裙；乌黑的大眼睛清澈透亮，长长的睫毛尤其令人印象深刻。还有那神秘的眼神，令人不由自主地被吸引过去——然而她却全身散发出难以亲近的气场！

小翔慌了神，说不出话来，只知道低下头去不敢抬起来。

那女人深深地叹了口气，对小翔他们说道："听好了，这里可不是玩耍的地方，这里是别人家的院子。"

"对不起！"叶月上前一步道歉说，"我们是追一只认识的小狗才追到这户人家门前来的。"

"狗？"

"是的。一只杰克罗素猃的幼崽。您没看见它吗？"

"这个……总而言之，这里好像没有吧。"

她说着像要记住小翔他们的长相似的，一个一个依次仔仔细细地看过去。

在和本间同学目光相遇的一瞬间，她的眼睛睁得更大了，她一脸疑惑地、目不转睛地直盯着他看。

难道他们认识？但是本间同学满脸的愣怔啊……

"哎哟……莫非你就是本间音也？"

"……啊，是的。"

"哎呀，没想到能在这样的地方见到你。我听过你的 CD，特别棒！"

"谢谢您！"

本间同学郑重其事地向她道谢，并轻轻点头致意。

原来是这样。本间同学原来是这么有名的天才小提琴家！哪怕他本人不认识对方，对方也有可能认得他的长相。

"那么，那只小狗……我们能在这附近找找它吗？"

本间同学露出无可挑剔的爽朗笑容问她道。无论男女老幼，面对这样的笑容，毫无疑问地，几乎所有人都会对他所拜托的事情给出"OK"的答复。

然而，这个女人却断然拒绝："不行，这个不行！"直摇头……

正在这时，一阵狂风猛地刮向小翔他们所在的高岗，刮起枯叶在空中乱舞，在玄关前面形成小小的龙卷风。

"啊！"

小翔他们连忙低头，并伸手遮住了眼睛，以躲避狂风。

那女人的长发也被风刮得向上胡乱地翻卷着；可就在她伸出纤细的手指慢悠悠地抚顺被风吹乱的头发的同时，半空中飞舞的枯叶和尘土倏地便落了地……

一切发生在短短一瞬间！

也许纯属偶然，但是这个女人简直活像能操控风似的。

这个人，真的好像是女巫……

就在小翔他们惊讶得直眨眼的时候，却见这女人嘴角轻轻扬起，扯出诡异的笑，慢悠悠地说道："我现在很忙，而且不希望看见有谁待在这里，你们能马上走开吗？"

虽然她语调柔和，但给人一种不能说"不"的感觉。

小翔他们只好心不甘情不愿地离开这里。

蓬佐到底去了哪里？

就在小伙伴们一边寻找一边无精打采地准备原路返回的时候，草丛中传出一声狗吠："汪！"

是蓬佐！

"……我过去看看！"

小翔小声告诉大家后，便往蓬佐的叫声传来的方向走去。

小翔拨开比他个头都高的草走过去，不料却来到了一大块空地上。

这里地面平坦，大约有一百平方米，似乎原先盖过住宅，现在推平了，四下里杂草丛生，好在草都不高。右手边是杂树林，左手边是一道五米左右的斜坡，坡上也长着许多树——刚才的那幢洋房只怕就位于这道悬崖顶上。

高岗上视野开阔，向下俯瞰，展现在眼前的是平坂町的住宅区。凝神细看，还能看见夜母津神社，还有建在它隔壁的二谷家气派的木结构房子。

小翔往前迈出一步，立刻注意到自己脚边掉着一张白纸。

是什么？

这张纸折了四折，像是有 A4 大小——

上面画着奇怪的图案。

奇怪……

不过图案挺好玩的，回头再仔细看看！

小翔一边这么想着，一边顺手把这张纸塞进了卫衣口袋。

对了，蓬佐呢？找到了！

草丛里有一条尾巴在摇个不停！

"蓬佐！"

小翔喊着跑过去，草丛中却蓦地站起一个人来。

"……！草、草叶先生！"

怀抱蓬佐站起身来的是一个高个子男人——浅棕色长发在脑后扎成一束，鼻子上架着墨镜……正是自由撰稿人草叶影彦！

小翔他们第一次遇见草叶，是一个月以前，夜母津饭店发生宝石盗窃风波的那天。尽管宝石最终并没有被偷走，小翔却一直坚信引发当晚骚动的罪魁祸首就是草叶。他还认为，草叶跟"错觉侦探团"的顾问二谷博其实可能有着非同一般的关系。

总而言之，草叶影彦这家伙是一个满身谜团

的神秘男子。

再看蓬佐，被草叶抱在怀里，在他整张脸上高兴地乱舔，看样子对于草叶的喜爱从来没变过。

"小翔，你在这种地方干什么？"草叶一看见小翔，就压低声音责备道。

"我才要问你呢。草叶先生，你怎么在这里？"

"先别说我了——啊，我知道了，"草叶说着把蓬佐放到小翔怀里，同时咂了咂舌，"你是追蓬佐追到这里来了吧。"

"嗯……"

小翔点点头，一边抚摸着怀里抱着的蓬佐的脑袋。

蓬佐把凉凉的黑鼻头抵在小翔的脸颊上，跟他打招呼："小翔，见到你真高兴！"

虽然它没有真正说出人话来，但小翔就是很清楚它是怎么想的。

"真受不了你。这么说，小叶月他们也在？"

"他们在那边……"

小翔手指的方向响起叶子摩擦的沙沙声，其他的小伙伴也过来了。

　　"蓬佐呢？……啊？这家伙怎么在这儿？"走在最前面的柚佳目瞪口呆地紧盯着草叶。

　　"咦……怎么是草叶先生？"叶月接着赶到，圆溜溜的大眼睛忽闪忽闪地眨着。

　　"哎哟，饶了我吧。叶子把我的手都划破了……嗯？什么？"手背受伤的文太边走边朝手上吹气，一发现草叶，身体作势就要往后倒。

　　小伙伴们这么吃惊是有原因的。在前面那起事件过后，草叶说要去国外采访，得有一段时间不在日本。

……这么说，他已经回国了？

"呼——"草叶让肩膀夸张地耷拉下来，"我说你们几个啊，就爱跟这些不值一提的小事情死杠。"

"什么嘛！"柚佳针锋相对地说，"我们就是一路追蓬佐追到这里的。倒是你，鬼鬼祟祟地待在这种地方。"

"嘘——安静！"

他尽管压低了声音，语气却相当严厉，听得人不由得身体发僵。小翔怀里的蓬佐估计也吓得不轻，不仅趴到了小翔肩头，还把尾巴紧紧地夹在了后腿中间。

"听好，别再到这儿来了。好了，现在马上回家。这边下面有石阶，从石阶下去就是到平坂町的近道。别说话，悄悄地离开！"

草叶说着倏地抬起长手一指，小伙伴们看见前方沿着混凝土板桩墙，有一道弯弯曲曲的石阶直通到山下。

"可是……"小翔还想说点什么，却立刻被草叶以严厉的口吻制止了，"蓬佐你们已经找到了，没事了吧？快走！"

压根儿不留一点商量的余地。小翔他们只有噘起嘴一声不吭地沿石阶往下走。

草叶究竟为什么摆出那样一副迫不及待的样子，急着要赶我们走呢？

那个漂亮女人在那幢洋房里都干了些什么呢？

头脑里充满了问号。

石阶很长，弯弯曲曲，小翔一边噔噔噔地往下走，一边回头朝刚才那幢洋房的方向仰望，看高岗上一棵棵的绿树——

在浓密的绿叶覆盖之下，那边显得有些昏暗，也只能望见洋房的屋顶部分……屋顶下面……

什么？小翔不禁怀疑起自己的眼睛来。

人的脸？而且大得吓人……

走在最前面的小翔站住不动了，呆呆地望着洋房的屋顶，跟在他身后的四个人见状也停下脚步，纷纷问小翔停下的原因。

"什么事？"

"怎么啦？"

"那、那个……"

小伙伴们把视线投向他手指的方向——霎时间，不约而同瞪圆了眼睛，倒吸了一大口凉气。

屋顶下方的外墙上，确确实实能看见一张大大的脸。眼神凶恶，嘴角似笑非笑；细细的眼睛好像正在死死地紧盯着小翔他们几个。

"什么、那是什么……？"连柚佳也着实被吓到了。

"……那里怎么会有脸？"本间同学说。

"讨厌……正看着我们这边？"

叶月声音颤抖着一嘟囔，文太立马发出了尖叫："啊——"

文太边叫边高一脚低一脚地跑起来。

到底怎么回事？

小翔禁不住打了个寒战，胳膊也顿时起了一层鸡皮疙瘩。

叶月、本间同学、柚佳，也全都紧张得小脸紧绷。

小伙伴们于是也跟着文太一溜烟地跑起来。

小翔他们一路朝平坂町飞速狂奔。

"哈啊——呼——"

文太吐出一大口气，用双手抱住了直打哆嗦的身体。

肯定没看错，那幢高岗上的洋房上确实生了一张脸……

按照一般的逻辑推想，那样的地方不可能有人脸。只不过，明明不可能有却偏偏有，这才让人觉得害怕啊……

小翔再次禁不住打了个寒战，缩起肩膀问大家："我说，刚才那张脸，不会是超自然现象吧？"

"嗯。"本间同学轻轻点点头，"毛骨悚然，对吧？那到底是什么呢？"

"妖怪、幽灵什么的，我反正是不信的。"柚佳说着一脚踢飞路上躺着的小石子，"不过，还是挺吓人的。"

"也许是附在那幢洋房、那块土地上的什么东西。"叶月歪着脑袋边想边说，"对了，蓬佐本来打算往上爬的那道坡也很奇怪。那到底是怎么回事呢？"

回想起红球哧溜哧溜爬坡的场景，小翔沉吟

道："嗯，想不通。真的是太奇怪了，对吧？"

"绝对是怪异现象。"文太面色铁青，也缩起了脖子，"那个女人肯定就是女巫。她给那个地方施了诅咒……"

"啊——够了！"柚佳说着双手啪地在她自己的大腿上使劲一拍，"下回再去一趟，仔仔细细查个清楚！"

"可是，刚才那个男人……"本间同学皱起眉头说，"叫我们不要再去那里……"

"那个家伙说的话千万别当真！"柚佳说着噗地吐出一口气，撇了撇嘴。

"可是，"叶月想到其中可能有别的原因，"草叶先生可能在进行一场危险的采访活动，怕把我们卷进去，所以才发出警告也说不定。"

虽然仍旧没弄清楚真相，不过说话间，他们已经回到了平坂町。

蓬佐的主人二谷叔叔既是搞研究的，又是发明家，对错觉也很有研究。咳，实际上也不大清楚他在搞什么研究……

小翔听二谷叔叔说过，他要去调研，这一个

月左右不在家。在这期间，他养的小狗蓬佐寄养在保姆阿洁家。

把蓬佐送回阿洁家后，经过夜母津神社前面的时候，正碰上神官权田爷爷拿着竹扫把在扫石阶。

"啊，您好！"

小翔他们顿时纷纷挺直了腰背，向权田爷爷点头寒暄。权田爷爷经常会到小翔他们学校里来，给同学们讲一讲小镇的历史和传说。他就爱管同学们讲不讲规矩，懂不懂礼貌。

穿一身蓝色作务衣的权田爷爷这时候瞪大了他那双本来就大的眼睛，直勾勾地紧盯着他们。

"唔，你们几个又在玩什么侦探游戏吗？"

"不是的。"小翔直截了当地回答，"蓬佐跑丢了，我们把它带回来。"

"——哎呀，有张生面孔嘛！"

权田爷爷一边将着白眉毛，一边目不转睛地打量着本间同学的脸。

"初次见面，"本间同学露出爽朗的笑容回答道，"我叫本间音也，是住在这间神社后面的本间家的侄子。我要在这里寄住一段时间，还请您多多关照！"

"嗬！"权田爷爷微微一笑，眯起了眼睛，"好、好、好！不错不错！难得你这孩子礼数这么周全。"

望着权田爷爷脸上露出满意的神情，小翔突然想到一件事，于是问道："请问——权田爷爷对这一带的地理环境也很熟悉吧？"

"算是吧。怎么啦？"

"那边——"小翔指向自己右手边那座此刻显得挺小的、绿意葱茏的高岗，"那座高岗附近，有没有发生过什么奇怪的事情？"

"啊，你说夜见岗啊！"

"原来地名叫'夜见岗'呀。"叶月说。

"是啊！"权田爷爷压低声音说了起来，"其实我也不大想讲——那里可是一块受到诅咒的土地。传说如果有人半夜站在那岗上，魑魅魍魉就会出来把人给捉走。听说，江户时代有很多小孩在那里遇上鬼了。"

"遇上鬼……"

小伙伴们不约而同地咽下一口唾沫。

"有这样一个故事——很久以前，有一天晚上，有五个孩子相约去那座高岗上练胆量。听说一路爬到顶都没什么事发生，大伙儿还全都感到挺扫兴的，于是就开始往岗下走，没想到，无论走多久，就是走不到山坡底下。

"不久，只听轰隆一声巨响，刮起一阵大风，从那漩涡状的狂风里乱哄哄地出来一群异形，压根儿无法想象是这世上的东西。五个孩子相互手拉着手，身子挨着身子，紧闭双眼，瑟瑟发抖地等待着这阵风过去。

"好几分钟过去了，风突然就停了。诡异的东西也全都消失无踪了。然而，本来有五个的孩子却只剩下了四个。

"天亮以后，全村人总动员出来寻找，可就是没找到那个不见了的孩子。只能认为是遇上鬼了……打那以后，据说那座高岗就被叫作'夜见岗'了，夜里一看就有鬼魅出现的高岗。还有，孩子们下山走的那道坡，就叫'妖怪坡'了……"

多么匪夷所思而又有趣的故事！

在那里的那幢洋房门前，小翔他们也刚刚冷不防遭遇一阵诡异的大风袭击，所以，还真不能

仅仅当作好玩的神话传说来听——

等等，还有"妖怪坡"？

五个人你看看我，我看看你，面面相觑。

"难道说刚才那道坡就是……"

"刚才哪道坡？"权田爷爷反过来问小翔。

"哦，是这样的，我们刚才追蓬佐追到了高岗那边，路口有一道坡，我们在那里看到了一件怪事……"

"就是说，有一个球，"文太很起劲地开始说明，"滚到坡上去了。那里还有女巫的城堡。那就是妖怪干的好事吧……"

"喂喂，"权田爷爷抬起手，掐断了文太的话头，"就算有那种传说，大白天的妖怪也不可能出来。不过……"

权田爷爷说着闭起眼睛，仿佛陷入了沉思。

"怎么说呢，凡是叫'坡'的地方，总归容易发生奇奇怪怪的事情，这一点倒是没错。"

"您说'坡'吗？"本间同学问。

"'坡'这个字吧，都说通'境'[1]字。'境'

---

[1] 在日语里，"坡"与"境"读音相近，所以权田爷爷会这样说。——译者注

指的就是那个世界与这个世界的界线。如果是在做界线的'坡'那里发生点什么找不出原因的怪事，也没什么好奇怪的……"

刚才在"妖怪坡"看见的怪事，就是来自那个世界的匪夷所思的力量作用的结果……？

小翔猛地感觉到一丝寒意，身子不由得一哆嗦。另外四个人大概也想到了这一点，全都缩起了脖子和肩膀，表情僵硬。

权田爷爷扫视了一圈孩子们的小脸蛋，忽然就啪啪啪地拍响了双手。

"那里现在没人住，就只有杂树林。不管有没有妖怪出没，总之，没有大人陪着，光小孩子去很危险。总之不准再去。这一点我还会告诉你们学校的老师。记住了？"

说完，他使劲地瞪着孩子们，吓得小翔他们只好乖乖答应："……记住了。"

当天晚上，小翔在书桌上摊开了稿纸。

他用铅笔画出文太今天发现的卷帘门，并试着添加说明：如果上下颠倒地看卷帘门，门把手和钥匙孔看起来就像是人的脸。

写完后，小翔猛地抬起头，搁下了铅笔。

那幢洋房下方显露出的那张大脸……莫非和卷帘门上的脸一样，是看错了造成的？

他一边回想当时看到的脸，一边画。

画完再看画，可不就是令人毛骨悚然的妖怪城堡嘛！

接着画那道"妖怪坡"……结果画的是滚上坡的红色皮球和小狗蓬佐。

不清楚是否和错觉有关……等二谷叔叔回来，一定要问问他的意见！

不管怎么说，今天总之就是充满谜团的一天。

"妖怪坡"的洋房里那个漂亮但却透着诡异气息的女人……

躲在草丛中像在监视洋房的草叶……

咦？草叶有没有说过"你们追蓬佐追到了这里"之类的话？

那家伙什么时候知道蓬佐的名字的？

算了，现在再怎么想也想不出个所以然来……

小翔揉着犯困的眼睛，把三张稿纸贴在了"错觉侦探团"的剪贴簿上。

3 小提琴与神秘失踪事件

坂上翔已经反反复复数了无数遍。

一个人、两个人、三个人、四个人……

原来明明应该有五个人，现在却只有四个！

这是一个星期天的下午，距离去"妖怪坡"已经过去了五天。

坂上翔、山本柚佳、七尾叶月、佐佐木文太四人来到了夜母津大舞台。从小翔他们居住的平坂町乘坐公交车到这里大约是二十分钟的路程。

这处公共设施位于夜母津车站前面，里面可以举办各种文化娱乐活动，如音乐会、戏剧等。

而今天，会场正面大门口挂着的，是写着"本间音也小提琴独奏会"的一块大大的广告牌。

"本间同学也真是的，早知道在这么近的地方开音乐会，直接告诉我们不就好了……这么见外！"柚佳禁不住嘟囔说。大厅特别宽敞，她这时正坐在大厅的沙发上边说话边摇晃腿呢。

"他一定是觉得难为情吧？换成我，才刚转学过来，'我要上电视了，你们都来看吧'这种话，对新班级里的同学也是不大能说出口的呀！"叶月说。她显然挺维护本间同学的。

"不过，多亏有我，大家都来了，真是太好了，不是吗？"文太说着挺挺胸膛，开始啃手上拿的红豆面包。

他说的倒没错。经过转学第一天后，本间同学立刻便融入了班集体，跟小翔他们也相处得像老朋友一样。然而，要在平坂町附近举办音乐会这件事，他却愣是一个字也不曾提起过。

还是文太在网上查询有关本间同学的信息时，

得知了他要在夜母津大舞台举办音乐会的消息，才订了四张今天的票。

"嗯——看来我们来得太早了点儿……"三口两口吃完红豆面包，文太看了一眼手机上显示的时间，嘟囔道。

距离开演竟然还有一个多小时。

进进出出的人渐渐多了起来，大厅里开始销售本间同学的CD。封面上印着本间同学手握小提琴的照片，遗憾的是，照片拍的是背影，看不到他那张五官端正的脸庞。也许是比起堪称"美少年"的外貌，更希望人们关注小提琴本身的音色吧。

"啊，那里能跟本间同学合影哦！"文太指着销售柜台的方向说。

只见那里竖着一块大大的宣传板，是把本间同学的全身照按真人大小放大了。

身穿黑色西服、手握小提琴的背影。蓬松干爽的栗褐色头发间隐约可见本间同学的侧脸，仿佛有人叫住了他，他正要回头，那人便抓拍下了这一瞬间。

叶月和柚佳站在宣传板前面连声感叹："真

的就像王子一样……"

先不说是不是王子，即便不是正面照，光看这背影和侧脸，也知道他帅气得很，是一个漂亮的男孩……

小翔伸出手指重重地按了按宣传板上印着的本间同学的脸颊。

宣传板并不是平面的，而是 3D 的，顺着照片中本间同学的脸部和身体的线条做了立体的凹凸效果。材质好像是泡沫塑料。这个宣传板做得非常好，乍一看，还以为本间同学本人确实就站在那里。

"来来来，叶月和柚佳站这边，小翔你站这边。"

小伙伴们听从文太的指示，在宣传板前站好。

"很好，很好……好了，cheese！"

文太说着伸出食指在手机上一点。接下来，小翔他们又听从他的指示摆出各种各样的姿势，开开心心地跟本间同学（尽管是宣传板上的照片）玩起了热热闹闹的合影游戏。

等到这个也玩腻了的时候，一块指示牌不经意间进入了小翔的视线，他指着指示牌告诉大家：

"后台和休息室好像在那边。"

"本间同学肯定在那里吧？"叶月说。

"走，我们去见他去！"柚佳不愧是行动派。

"他肯定大吃一惊！"文太也赞成。

闲着也是闲着，四个人于是立刻决定前去探班。

音乐会开演前，形形色色的人在后台进进出出，忙忙碌碌，有浏览超厚文件的穿西装的男人，有拿着手机指挥个不停的穿制服的女人，还有拿着一捆乐谱跑出去的人……

有一名穿着蓝色制服的清洁工正巧经过，险些与怀抱几大束花的一名女子相撞，闹得一阵手忙脚乱。一边是花束碍事，另一边的清洁工则是个小个子，又戴着口罩和帽子，帽檐压得又低，结果两边谁也没看见前方有人。

但是也多亏了场面如此混乱不堪，小伙伴们幸运地没有遭到任何人阻拦，成功抵达了休息室所在的区域。

"休息室1"的门上贴有印着"本间音也先生·休息室"字样的纸张。

小翔右手握拳，举起来正要敲门，却听到喀嚓一声响，门把手转动，门打开了一条缝。

"啊……"

站在打开的门前的是……

长发中分，眼睛格外大，女人……

是在那座有妖怪坡的"夜见岗"上遇见过的女人！她怎么会来这样的地方？

"啊？你们……"

女人显然也吃了一惊，眼睛眨个不停。

对了，她好像说自己听过本间同学的 CD ？那么她肯定是来听音乐会的……

"那个——"小翔边挠头边解释，"我们想过来看看本间同学……"

"哦，"那女人轻轻点点头，"你们是音也的朋友吧。"

"是的……本间同学在里面吗？"

"哦，是啊——哎，他在。"这女人也不知道为什么，显得有些慌乱，犹犹豫豫地、慢悠悠地把门又打开了一点点。

透过门缝和女人手臂的间隙，能看见本间同

学站立的背影。小小的房间里面灯光昏暗，本间同学靠里站着，手上拿着小提琴。

不等小翔喊他的名字，那女人便抢先一步把手放到小翔肩上，强行把他推出了休息室门外，紧接着反手砰地关上了门。

"他马上就要上台演奏了，对吧？"那女人一边逐一打量着小翔他们四个人的脸，一边带着告诫的意味说道，"现在正是集中精神、排除杂念的关键时刻，你们就不要打扰他了吧！"

这话说得滴水不漏，叫人难以反驳。更何况，透过门缝偷瞧到的本间同学也确实给人一种难以接近的感觉……

那女人接着便把食指竖在嘴前，催促小翔他们赶快离开："好了，脚步放轻点儿回到观众席去吧！"

四个人只好齐齐点头，听从那女人的话回观众席。

舞台上张挂的红色帷幕迟迟不拉上去。

早已经过了开演时间了。

大约可容纳三百人的观众席几乎满座，会场内也骤然变得人声鼎沸。

"怎么还不开始啊……"就在文太不知第几遍嘀咕这句话的时候，会场广播响了。

"各位来宾，由衷感谢您今天的到来。现在抱歉地通知各位来宾，今日的'本间音也小提琴独奏会'由于本间音也身体不适，不得不取消。实在抱歉之至。全体相关人员谨此向您表示由衷的歉意。另外，有关退票事宜——"

本间同学身体不适？

小翔他们不禁面面相觑。

"不知道他有没有事啊。"叶月担心地说。

"刚才明明好端端地待在后台的！"柚佳一时不能相信。

"没准吃坏肚子了……"文太的猜测倒挺符合他的个人风格。

没想到他身体不舒服到需要取消音乐会的地步……

"大家一起去看看他到底怎么样了吧！"

"嗯！"

于是四个人朝后台跑去。

后台已经炸开了锅。

休息室门前的走廊上，有好几个穿西装的男人眉头紧皱，正在叽叽喳喳地商量着什么；他们旁边，一个女工作人员正一边冲着贴在耳边的手机大喊大叫，一边跑开；另外还有好几个人正在东奔西跑地忙活。

站在休息室门前的一对五十来岁的夫妇，一副不知所措的样子，好像就是本间同学的伯父和伯母。他们俩都在一个劲儿地向一个穿黑色运动套装的女人道歉，声音也是有气无力的："音也到底去了哪里……""都怪我们没有照看好音也……"

小翔他们刚来到现场，还没弄清楚状况，就有一个中年男人开口赶人了："喂，你们几个，这里闲人免进！"

细看之下，发现他藏青色西装的胸前别着名牌，上面写着"经理主管　竹本"。看样子是管理人员。

"对不起！"小翔躬了躬身子，首先向他道

歉，接着说，"那个，我们是本间同学的同班同学。请问本间同学还好吗？"

"哦，是他的朋友啊。"经理转身正面对着小翔他们，拍着脑门说，"哎呀，这个嘛……"

"找遍了，还是哪儿都不见人！"一名女工作人员哭丧着脸跑到经理面前报告说。

"好像也没回家……"经理闭上眼睛思索片刻后对她说，"没办法了，还是报警吧！"

"好的！"

女工作人员骨碌一转身，笃笃笃地踩着高跟鞋又跑开了。

什么？报警？怎么回事？

"请问是发生什么事件了吗？"柚佳问，语气出奇地严肃认真。

"还不清楚够不够得上事件，不过可以告诉你，本间音也不见了。"

"什么？"

"直到刚才，好几个人都还看见他待在这间休息室里。没想到开演前十分钟，进屋想要叫他，却连一个人影也没看到。"

"那个，"小翔举手说，"我们也在这里看见过本间同学，大概在开演前一小时左右。"

"肯定上厕所去了。"

听文太这样说，经理使劲地摇了摇头，说："没有。慎重起见，我们刚才找遍了场馆里面的每一个角落，都没找到。而且，从开演前三十分钟起，我们就派工作人员守在这休息室门前了。再说能进出房间的就只有这道门，本间一步也没踏出过房门。"

休息室很小，又没窗，进出只有一道房门，就是说等同于密室。

但是，并没有留下任何从里面来到外面的痕迹……

本间同学究竟去了哪里？

"请问，本间同学的行李、小提琴什么的也都不见了吗？"

想到这一点，小翔随口问道。假如是他自己想要离开这里，这些东西应该会带走。

"他是跟他伯父伯母一道坐车来的，随身物品就只有一只小提琴琴盒。这只琴盒倒还放在原地没动。我们本来打算等今天的音乐会结束以后，把本间的这把小提琴送去养护的，跟乐器店的人说好了到这里来取……"

也就是说，本间同学就这样不见了，没带任何东西！

有一种情况虽然不敢确信……

"那个——有没有可能……是诱拐什么的……"

小翔吞吞吐吐地说出口，经理听了当即重重地叹了口气。

"但愿别碰上这种事——对了，你们到这里来的时候，有没有发现本间有什么不对劲的地方？"

"没有。"叶月说着摇摇头，"只不过当时的气氛让我们感觉音乐会很快就开始了，我们不能打扰他。"

"啊！"柚佳喊了一声，"当时、待在这里的、那个女人！"

没错。小翔他们来到休息室的时候，夜见岗上见过的那个女人就在这里。小伙伴们当时要进房间，那女人明显有些慌张……难道说……

"什么女人？"

"是的。"小翔回答，"我们来的时候，那个女人就在休息室里面。总之她的样子看着很奇怪。说不定她知道些什么。"

"你确定不是穿制服的工作人员？"

"她穿的是灰色的连衣裙。长头发，直的，中分……"

"哦，我知道了。"经理打断了小翔，连连点头道，"要是这个人的话，我也很熟。她是音乐制作人，名叫高见川麻理。她很能干，在业界很有名。她今天本来就是要来跟本间碰面的。"

"音乐制作人是做什么的？"

"比如策划音乐会啦……"经理正要进一步解释，一名穿制服的男青年跑了过来，他报告说："警官赶到了……"

"知道了，我这就过去……你们特意来听音乐会，结果害你们没欣赏成，对不住了啊。再见！"

经理说着慌里慌张地快步离开了。

小伙伴们跟在经理身后追出后台，一个浑厚

的嗓音立刻飞了过来："柚佳！"

声音的主人身形健硕，面色黝黑，穿一件风衣……正是山本柚佳的爸爸——夜母津警署的山本刑警。

"柚佳……坂上，你们……怎么也在这儿？"小翔他们一来到他身边，山本警官立刻眨着他那铜铃大的眼睛问柚佳。

"早上我不是告诉过你今天要去听本间同学的音乐会吗？"

"你说过吗……"

"说过呀！"柚佳说着噘起嘴。

每个家庭都一样，父母对孩子说的话是想听就听，不想听就不听；相反，孩子只要稍微忘记一点点父母讲过的话，他们就能唠唠叨叨地训斥上半天……真叫人没地方说理去……

"嗯哼！"山本警官清了清嗓子，转身问经理，"我们警方接到报案，说是今天开音乐会的小提琴家失踪了，对吗？"

"是的，没错。"经理点点头，"是本间音也。十岁。本来应该在休息室里的，结果消失不见了……"

小翔一边听着经理向山本警官介绍情况，一边想：那个姓高见川的人……说到底还是很有问题。而且不止今天可疑。那回在夜见岗上遇见的时候，她甚至相当诡异。那草叶当时也在场，这一点也奇怪得很。说不定草叶是嗅到了什么事件或者犯罪的气息，正在监视那女人的一举一动呢……

等经理的讲述告一段落，小翔问山本警官："请问我能跟您谈谈吗？"

"嗯？你要说什么，坂上？"

"刚才我也跟经理说过，在本间同学失踪之前，休息室里还有一个女人。她的样子有些古怪，我想您可能需要调查一下她……"

"女人……？"

"哎呀，不是的，她是——"经理一只手扇着风，插话进来说道，"她不是什么可疑人物。高见川麻理女士可是名人……"

"唔……"山本警官用他那粗大的手掌摸了一下下巴，说，"同学下落不明，你担心他，这我能理解。不过，调查工作就交给我们警察吧！——

好了，柚佳，你也别噘着嘴了。你们都回家去吧！”

小翔他们压根儿没有反对的余地，无奈只好登上了开往平坂町的公交车。

4 搜寻本间同学

坂上翔迷失在熙熙攘攘的人群中。

前后左右，净是和他自己年纪相仿的孩子⋯⋯

在这茫茫人海中怎样才能找出"那个孩子"呢？

原定举办音乐会的那天晚上，山本警官往小翔家里打了电话。

"哎——好的⋯⋯"小翔妈妈脸上的神情很微妙，她边点头边拿笔记录，"明白了，我会告诉他的，好的⋯⋯您辛苦了。"妈妈长长地呼出一口气，放下了话筒。

"怎么说？山本警官说什么了？本间同学找到没？"

"说是仍旧下落不明。"

妈妈咚地一屁股坐在了沙发上。小翔也跟着在妈妈身边坐下。

"这样啊……"

"警方已经拼命在找了，所以小翔你不要有任何的担心。"

"嗯——我很难不担心啊！"

"也是……还有，山本先生说了，这回的事情叫你跟谁都不要说。"

"可是……"

"他说，警方是在假定事件和事故两方面都有可能的基础上展开调查的。也就是说，考虑到万一是诱拐事件……所以警方认为目前还没到公开的时候。"

"所谓诱拐，是说歹徒拿本间同学当人质来勒索赎金吗？"

"傻孩子。"妈妈说着使劲推了他一把，"你真是奇奇怪怪的电视剧看太多了。不是说还没定性为诱拐嘛！总而言之，知道本间同学下落不明的，就只能是学校老师和你们四个，记住了？"

"……嗯。"

"不过，要说这回的失踪，好像还真挺神秘的……"妈妈一边喃喃自语，一边胡乱地摸着小翔的头发，"如果失踪的是你，我大概已经急得六神无主了。"

"我不会失踪的！"

"也对——"望着小翔带回家的音乐会小册子，妈妈耸了耸肩膀。小册子上印着本间同学略显羞涩地微笑着拉小提琴的照片。"本间同学是神童，长得又好看，所以估计连神明都嫉妒他了。相比之下，像我们家小翔这种平凡得不能再平凡的孩子，神明肯定是连看都懒得看一眼的。"

唉！虽说评价的是自己的儿子，可是不管怎样，毕竟是自己儿子呀，你这样说难道不觉得过分了点吗？

尽管小翔确实没什么优点和特长。运动能力平平，成绩中上。要问有什么长处，也就只有性格还算开朗这一项了。

同天才加帅哥比，自己还有什么资格替自己辩驳！

小翔心里来了气，抬手推开妈妈搁在他头上的手，撂下一句"我要睡了"，转身就要回自己房间去。见状，妈妈拖长声音慢吞吞地拜托他一件事。

"啊——二谷先生如果回来了，上回托他做的东西，你去帮我拿回来呗！"

真是够了！你儿子此时此刻烦着呢，连这都觉察不到，你才是神经大条到极致了！

就在小翔背着妈妈扮鬼脸吐舌头时，妈妈的手机响了。

"啊，是。一直承蒙您关照。好的好的。什么？怎么会这样……"

妈妈突然显得有些慌乱，打开放在客厅桌上的笔记本电脑，点开了邮箱。

怎么回事？出什么问题了？

小翔禁不住凑过去看电脑屏幕。

只见随邮件发送的照片上拍了一个像是公司

前台的地方。大概是给前台接待人员坐的，柜台很大，雪白雪白的。后面墙上有着黑白相间的方格图案——

小翔的妈妈是自由职业者，从事室内装潢设计师的工作。

妈妈目前接受一家有过合作经历的建筑公司委托，为对方改造公司总部楼下大堂前台的装潢。之前听妈妈说过，马上就要做完了。所以发来邮件估计是告知那边完工的信息。

可妈妈却对着话筒一个劲儿地道歉："……好的，真是对不起！……是啊，没错。我明天一早就到现场去看看……明白了，再见。"

挂断电话，妈妈瞪着屏幕上的照片一动也不动。

"怎么啦？"

"说是歪了。"

"什么歪了？"

"瓷砖。"

"墙上的？"

"嗯。"

小翔握住鼠标，把照片放大了。

"咦？是真的！这些瓷砖是没贴正，歪了。"

"不可能的。"

"可事实就是这样。"

妈妈目不转睛地盯着屏幕，呻吟起来："小翔你说得没错，果然是歪了。"

"会不会因为瓷砖本来就不是正方形？或者贴瓷砖的时候没贴好？"

"告诉你，那些瓷砖吧——用的可是从外国邮寄来的特殊石材，光泽饱满，质感超群。当然，每一块都是真真正正的正方形。而且，贴瓷砖的工人师傅应该也是按照我的吩咐一丝不苟地完成工作的。"

"可还是贴歪了。"

小翔一指屏幕，妈妈顿时绝望地趴在了电脑面前。

"是啊——怎么回事呢……负责人说，'我们是一家建造大楼和住宅的公司，歪歪斜斜不仅不美观，也是犯忌的。'听着挺难受的。"

妈妈相当沮丧，我什么忙也帮不上，那就给她打打气吧……

"你明天不是去看现场吗？"

"嗯。"

"那么，到时候道个歉，再重新贴一遍就好了呀！"

"嗯——怎么说呢——会原谅我吗——"

"那个负责人很凶吗？"

"不凶，特别和气。还说，这个前台很难马上排出返工日程，暂时就先这样吧。"

"那不就好了？"

"嗯，话是这么说……突然觉得好累啊！睡了睡了。"

妈妈说着关了电脑，摇摇晃晃地朝卧室走去。

小翔进入自己房间后才猛然想起来，于是从卫衣口袋里掏出了一张纸。

就是在那座夜见岗上草叶待过的地方捡到的那张纸。

A4大的白纸右下方画着一个诡异的骷髅标记，而且，剩下的黑色图案也特别怪异……

这到底是什么？什么意思？

小翔盯着上方画的黑色横平竖直的怪图案直发呆……

咦？好像显现出了什么东西！

不是黑色部分，是被黑色包围的白色部分，能看出是文字！

一开始，眼睛仅仅注意到了黑色，可一旦聚焦到白色上，字就显现了！

白色部分实实在在写的是"平坂町"，其中"平坂"二字用了片假名。

　　"平坂町"、""……另外还有其他扭曲变形的黑色图案，画得七零八落，叫人一点也摸不着头脑。

　　假设是在黑色图案上面叠加了几个白色圆点呢?

　　小翔拿起铅笔，把看上去是白色圆点的部分一个个描画成圆圈。

　　这样一来……白色圆点大的有 8 个，小的也有 8 个，共计 16 个。画完这 16 个圆，数字浮现了出来!

"9、1、2、8"——能辨认出这4个数字!

对了!

这张纸上写的肯定是密码,此刻显露出来的一定是隐藏的信息!

但是,究竟是什么信息呢……?

第二天放学后——

本间同学没在学校出现。

换句话说,他仍旧没有被找到……

四年级一班生活小组一小队的一名队员下落不明!

其余四名队员因为这起重大事件而感到坐立不安。

等小伙伴们耷拉着脑袋走出校门后,小翔掏出了昨天的那张纸,上面的密码他已经解开。

"这张纸,我想一定是那个草叶掉的。你们看看这到底是什么?"

三个人传阅之后,都是一脸的疑惑。

"会不会是书的页码?比如说,91 页和 28 页

上的文字拼起来就能读懂信息？"叶月推测道。

"说不定是车牌号。"柚佳也给出自己的猜测。

"等一下。"文太说着从双肩包里拿出一本小书。是一本袖珍地图册。

"上面写着'平坂町'，所以没准是门牌号。9和2旁边都有一条棍子粗的线，所以我猜是'9 − 12 − 8'。"

"嗯，真的有可能。"小翔他们三个不约而

同地点头表示赞同。

"平坂町 9 – 12 – 8,哎——"文太说着把视线落在地图上。

"在哪儿、在哪儿?"

小伙伴们齐心协力在地图上仔细寻找起那个门牌号来。

而那个门牌号所指向的,竟然是夜见岗!

四个人不禁你看看我,我看看你,面面相觑。

"草叶肯定是拿这张纸上写的门牌号当线索,在对夜见岗进行侦察!"

"没错,就是这样!"另外三个小伙伴异口同声附和道。

"这个骷髅标记和这个细长的线不知道是什么意思,要不现在过去看看?"

"去夜见岗?"

"嗯,我老也想不明白,草叶为什么要拿着这张类似于密码的纸片在那边打探消息。说不定跟本间同学的失踪有关。"

"说得没错!"柚佳重重地点头表示赞同,"那个姓高见川的女人待的洋房,肯定就是类似犯罪

的巢穴一样的地方。所以，草叶是想要找出真相，拿到独家新闻，才会偷偷摸摸在那里调查的！"

"可是，"叶月有些担忧地皱起了眉头，"会不会出事？那种危险的地方，就我们几个去？还是应该请柚佳的爸爸过去的好……"

"别提我爸了！他不会管的。我说的话，他压根儿什么都听不进去。"

柚佳说着右手手腕一甩，啪的一声，手掌重重地拍在了走在她前面的文太的双肩包上。

"你干什么——"文太脚下一个趔趄，回头瞪着柚佳冲她大喊起来。

"对不起、对不起！"柚佳连声道歉，脸上却是笑嘻嘻的。

"这个嘛——我也觉得那幢洋房挺可疑的。"文太稳住身形，扶了扶银边眼镜的眼镜腿，含糊不清地低声说，"昨天晚上，我上网查了那个夜见岗，除了权田爷爷讲过的传说以外，还查到了很多很多有关神秘失踪和幽灵的文章。所以说，那天我们去那里的时候，天才少年本间同学就被盯上了，接着就神秘失踪了。还有那块土地，现在的拥有者叫作'SK艺术振兴财团'，就跟过去的财阀似的，还产生了各种各样的金钱纠纷。我也赞成对那里开展调查……不过嘛，叶月可能最好还是别去。你大小是个有名的童星，没准紧跟着也神秘失踪了……"

听他这样说自己，叶月大概挺生气的，小巧的下巴一抬，逼近文太抢白道："别瞎说！什么神秘失踪，怎么可能嘛！我偏要去！"

就这样，四个人决定一同前往那座夜见岗。

小翔他们沿着上回用作回家路的捷径，从平坂町再次登上了夜见岗，透过树丛窥探着那幢洋房的情形。

他们商量了一路，最后决定不可思议的妖怪坡还是放在下回再来看个究竟，今天暂且只管洋房有没有可疑之处。

天空阴沉沉的，风吹过来不冷不热。

看天色，天气要变坏，随时有可能下雨。

"一个人也没有……喂，回家吧。真的会有妖怪出没的。"文太提心吊胆地边说边环顾四周。

"嘘！"小翔把食指竖在嘴前说，"有动静！"

凝神细听——

传入耳朵的，是小提琴的琴声！

优美澄净的音色响彻整片树林——

小伙伴们不由得面面相觑，随即重重地点点头。

是本间同学！他就在那幢洋房里面！

"怎么办！"小翔问。

"他一定是被关在里面了。我们必须救他！"叶月说。

"最好还是通知警察？"

文太说着在口袋里窸窸窣窣地一阵摸索，可他那心爱的手机当然是摸不到的。因为小翔他们学校规定严禁带手机进校，无论是不是智能机。

"不管怎样，还是应该首先亲眼确认他在不在里面……"

柚佳嘟囔着弯下身子，开始蹑手蹑脚地朝洋房靠近。

小伙伴们慌忙跟上柚佳的脚步。

柚佳把身体紧紧地贴在洋房的墙上，踮起脚尖，透过一楼的窗户窥视屋内。

幸运的是，挂在窗前的百叶窗没有放到底，下面留了一小截空隙。另外三个人也轻轻地把手搭在窗框上，透过百叶窗的缝隙观察里面的情况——

里面是一间空荡荡的西式房间，墙上仅仅挂着一幅女人肖像画，地板是黑白相间的方格图案……

就在这时，房间的门把手咔嗒一声响。

走进房里来的，竟然是本间同学！

"……本间同学！"

文太嘴巴一张一合，正要伸手敲窗，小翔及时拉住他的手，小声制止了他："……别乱来。

没准坏人就在里面。这时候喊他，万一我们也被抓起来，就没人能救他了！"

就在两人窃窃私语期间，本间同学朝肖像画前面走去——

望着那身影，小翔他们不禁怀疑起自己的眼睛来。

不知是什么缘故，本间同学的身高步步见长！

他的个头眼看着就翻了倍……

只见变大了的本间同学目不转睛地盯着肖像画看了一会儿以后，又朝先前的那扇门走去。

这回相反，身高截截缩短！

怎么回事？

小翔他们瞪大了眼睛不敢相信，却只能眼睁睁看着本间同学打开房门，走出了房间……

"怎、怎么回事？刚刚那个……"

那幅景象实在过于奇特，令小翔他们目瞪口呆。就在他们离开窗框向后倒退一步的当口，一股强劲的风轰地袭向他们，四周刹那间白光笼罩。

"……！"

紧接着，传来惊天动地般的一阵轰隆隆的巨

响……

打雷了！

"妈呀——鬼来啦——妖怪坡的鬼出来啦——"

文太失声惊叫着狂奔起来。

到底是怎么回事？

难道本间同学是被带去了妖怪的国度？

这幢洋房难道真的是这个世界跟那个世界的界线？

小翔、柚佳和叶月全都哇哇尖叫着，跟着狂奔起来。这真叫：踌躇满志奋勇前来，莫名其妙狼狈逃回！

小伙伴们一路顶着滂沱大雨，总算回到了夜母津神社一带。

他们停下脚步的地方恰好就是二谷叔叔家门前——正在小翔他们"哈啊哈啊"直喘气时，嘎嗒嘎嗒，他们面前的格子门打开了，出现的正是二谷叔叔！

脏兮兮的白大褂加乱糟糟的头发，度数似乎

很深的黑色粗框眼镜，永远的胡子拉碴……虽然不清楚他在搞什么研究，不过看样子他出门回来了，他的调研之旅结束了！

"小翔？你们怎么啦？"二谷叔叔睁圆了镜片背后的那双眼睛问，"你们全身湿透了……快进来！"

四个人冻得牙齿直打颤，话也说不利索，径直往二谷家玄关飞奔。

小翔他们此刻已经来到了二谷叔叔的研究室。

二谷家的保姆阿洁一见到成了落汤鸡的他们四个，立刻麻利地忙活起来。

她让他们脱掉湿透的衣服，排队进去冲热水澡，还为他们准备了替换的衣服（又肥又大的运动衫和衬衫之类，似乎是二谷叔叔的）。

小伙伴们好不容易缓过气来后，筋疲力尽地一屁股坐在研究室的沙发上，拿着阿洁倒给他们的热牛奶，边呼呼吹气边喝。

小翔的膝头尤其温暖，因为上面窝着小狗蓬佐。

（小翔的肚子这一块还有点儿凉呢，我帮你

暖和起来！）

小翔一边抚摸蓬佐的头，一边喝光了牛奶。这时候，二谷叔叔进来了。

"你们没事吧？还冷吗？"二谷叔叔温和地笑着问小翔他们。

"不冷了，谢谢您！现在身上暖和多了。"

小翔说着点头致谢，另外三个小伙伴也赶紧有样学样，表示感谢。

"刚才雨真大啊。现在总算小了。"

"啊，对了，"叶月挺直身子寒暄道，"二谷叔叔，您外出调研辛苦了，欢迎回家！"

"哈哈，谢谢……话说回来，你们在这大雷雨天做什么了？"

"啊！"小翔拍了下额头，窝在他膝头的蓬佐吓了一跳，哼哼了一声，拿它那圆圆的深棕色眼珠凝视着小翔。

那幢诡异的洋房里发生的怪事、惊天巨雷、滂沱大雨，这三样一时间同时落到身上，砸得人完全晕头转向了！怎么把关键问题给忘了！

"必须通知警察……本间同学就在夜见岗！"

77

4 搜寻本间同学

"对！"

"没错！"

"差点忘了！"

二谷叔叔诧异地望着小翔。

"本间同学是我们的小提琴家同学，他这阵子下落不明。可是，我们刚才看见他就在夜见岗……"

虽然不清楚他变大变小的原因，但那千真万确就是本间同学。必须赶快把他解救出来，一刻也不能耽搁……

"二谷叔叔，请借电话用一下！"

"哦，好啊。"

"坂上，打我爸手机吧！号码是……"柚佳说着把号码报给小翔。

拿着从二谷叔叔那里借来的智能手机，小翔急忙给夜母津警署的山本警官打去电话。

"……啊，我是坂上翔。那个，我们发现本间同学的行踪了。"

"啊？你说什么？"山本警官似乎在出外勤，那里信号不大好。

"本间同学在夜见岗，请您赶快过去！"

"夜见岗……？"

小翔把看见本间同学时的那幅离奇景象匆匆忙忙地说明了一遍之后，电话那头传来了像是从喉咙里挤出来的似的沉吟声："唔——"

很快，山本警官对小翔厉声说道："就在刚才，我们收到了非常有说服力的目击消息。在隔壁市的繁华街上，好几个人瞧见过抱着小提琴琴盒、很像本间的孩子。那里还有人报告说，看到那孩子跟一个上了岁数的人一起坐进了一辆小轿车。我们警方从现在起必须尽全力锁定本间的行踪，火速追查那辆车的去向……你听好了，别再说那种梦话了，赶紧回家乖乖待着去！"说到最后，简直变成了厉声训斥。

望着手机屏幕上的"正在挂断"字样，小翔长长地叹了口气。

"我爸怎么说？"

"能马上赶过去吗？"

"这下问题算是解决了？"

面对三人的提问，小翔只有摇头，接着把山本警官说过的话告诉给了大家，小伙伴们全都发出一声叹息，大失所望地耷拉下了肩膀。

"等等。"之前一直默不作声地听着小翔打电话的二谷叔叔轻轻举起左手，问大家道，"就是说，你们为了寻找下落不明的同班同学，一路找到了夜见岗？还有，房间里的那个孩子，个头一会儿变大，一会儿变小？"

"就是呀！"文太说着，圆滚滚的身子又是一哆嗦，"太吓人啦！那可是女巫的城堡啊！没准她就养了一只贪吃的妖怪，打算拿变大了的本间同学喂妖怪呢……"

"嗯——"二谷叔叔伸手托住了胡子拉碴的下巴，喃喃地说道，"估计就是'艾姆斯房间'了。"

四个小伙伴的脸上无一不写满了问号。

"艾姆斯房间"？什么意思？

"视错觉的一种，利用了'扭曲的房间'的结构。"二谷叔叔站起身，打开从书架上取出的文件夹，开始解释道，"这种房间呢，天花板与地板之间的距离，越往里走越狭窄，门口这边最宽敞。这样扭曲变形的结构是故意建造出来的。

"而且，地板和墙壁的图案、挂在墙上的画

之类，也特地设计成歪歪斜斜的样子。

"这种房间的有趣之处在于，假如从类似于视窗的某一个特定视角观看房间内部，会看到一个平淡无奇的寻常房间。

"可实际上，一旦进入房间，一眼就能发现，墙壁和地板都是倾斜的，地板上的图案也并不是黑白相间的正方形。要想往里走，就必须在倾斜的地板上像爬坡一样地前进。

"但是在通过视窗观看这间房间的人眼中，这间房间却并不是扭曲变形的，地板和天花板也全都保持着水平，是中规中矩的正经房间。

"而进入房间的人，越往里走，身高就会变得越来越高，如果再次返回到门口，身高也会变回原来的水平——于是不可思议的错觉就这样产生了。

"这是巧妙地利用了透视法与进深作为依据的立体错觉陷阱房间。

"这个'艾姆斯房间'，由于造成的震惊效果十分强烈，所以也经常被用在美术馆及余兴节目当中。"

视窗

如上图所示，艾姆斯房间的墙壁和地板都是歪斜的，结构是扭曲变形的。

但是房间建造得十分巧妙：假如通过视窗观察，你会看见一个四四方方的寻常房间，房间里面的人的大小却看起来不同寻常。

通过视窗看到的艾姆斯房间内部

没错，千真万确，在那幢令人匪夷所思的洋房里面，本间同学的身高眼看着长上去了——

"我们透过百叶窗的缝隙观察过的那间房间，肯定就是类似于这个'艾姆斯房间'的结构！那个就是利用错觉陷阱建造的房间！"

听小翔这样说，二谷叔叔双手抱胸点了点头。

"到底是出于什么缘故，要在那样一座山岗上面大费周章地建造这样一间房间呢？虽然我们一点头绪也没有，但可以肯定不是什么怪异现象；一定是人为的，就是不知道是谁。"

"可是——"文太扭动着身子，噘起嘴说，"我还是想不通呀！那里肯定就是妖怪的巢穴了。再说了，不是还有个'妖怪坡'嘛！"

小翔于是把小球哧溜哧溜滚上理应是上坡的"妖怪坡"的事情讲述了一遍。二谷叔叔听了，又拿来另一个文件夹给小翔他们看。

那里面有好几张坡道的照片。

长长的下坡路，路尽头连着上坡路……

"这是——典型的先下坡后上坡的照片……就像这样，下坡，然后上坡。"

柚佳在说"下坡"二字的时候，手背朝上滑向斜下方，接着在说"上坡"的时候，又把手滑向斜上方。

"嗯，看起来是这样。然而，事实是，连接着下坡路的，仍旧还是下坡哦！"

二谷叔叔学着柚佳的手势，用手学飞机缓缓降落的动作给小伙伴们看。

"这个呢，是被命名为'坡道错觉'的正儿八经的错觉。看着是上坡，其实是下坡。相反，看着只可能是下坡，其实是上坡的情况也有。这样的斜坡，日本全国各地都有，也常被叫作'妖怪坡'、'幽灵坡'。外国也有叫'磁铁山'的神秘点[①]，也已经成为了观光胜地。

"你们所见到的夜见岗的'妖怪坡'，肯定也是'坡道错觉'在起作用，让你们以为看到了上坡。"

"妖怪坡"因为错觉让人觉得是上坡，其实是下坡？

[①] 英文是"The Mystery Spot"。——译者注

近处的坡道与远处的坡道均为下坡，但远处的坡道看着像上坡。

嗯——明明怎么看都是上坡啊……

没想到这种错觉还挺了不起的，连名字都有，叫作"坡道错觉"……把人给骗得七荤八素的！

离奇的房间、坡道、妖怪、诅咒，这些统统没什么古怪，全都是错觉……

"我们现在再去一趟那里，把本间同学救出来！"

小翔信誓旦旦地说完，不知为什么，二谷叔叔却紧紧地拉住了他。

"不行，夜见岗最好还是别去。"

"为什么？"

小翔不知所措，不由得往回退了一步。

被其他大人否决、说这"不行"那"不行"的是家常便饭，但万万没想到二谷叔叔竟然也会对小伙伴们的行动下"禁令"……

"本间同学的事，我稍后立刻跟警察讲，所以你们就不要去那里了，记住了？"

"……记住了。"

四个人全都耷拉下脑袋，有气无力地点头答应了。

也许是担心小翔难过，蓬佐低哼了一声，舔了舔小翔的鼻子。

（放心吧，交给主人一定没问题！我也会跟着去的！）

小翔抚摸着蓬佐的后背，内心里在祈祷本间同学能够平安无事。

5 真相是……

坂上翔举棋不定。

应该去，还是不应该去？

这是个问题……！

离开二谷叔叔家，小伙伴们告别后，便踏上了各自的回家路。走出去没多远，小翔心头一惊，收住了脚步。

糟糕！

妈妈吩咐过，让小翔"从二谷先生那里把拜

托他做的东西拿回来"。

二谷叔叔制作了大量稀奇古怪的发明作品，而身为室内装潢设计师的妈妈认为这些都是艺术作品。

上回她买下一件奇特的发明作品用作室内装潢的主题摆件，这回只怕又决定从二谷叔叔这里购买什么破烂宝贝了。

如果告诉她"虽然见到了二谷叔叔，但是东西没带回来"，妈妈肯定唠唠叨叨个没完，能把人烦死。

于是小翔转身调头朝二谷叔叔家走回去。

来到二谷叔叔家附近，小翔无意间瞥见前方有道背影一闪而过，不自觉地停住了脚步。

长头发、黑夹克、长腿，走起路来大步流星的男人——是草叶！

那家伙要去哪里？

小翔决定暂停去二谷叔叔家，改成首先追踪草叶。

小翔尾随在草叶身后，一会儿躲在街角，一会儿藏身电灯柱后。这是他第一回尾随跟踪别人，尽管紧张得心脏突突直跳，不过好歹一路上都没被发现！

最终，草叶到达的地方是……

竟然是那幢夜见岗的洋房！

刚才的大雨莫名其妙地说停就停了，天空瓦蓝瓦蓝的，树丛中传来小鸟欢快的鸣叫，阳光透过树叶洒下柔和而明亮的身影。

小翔藏身在附近一株粗大的树干背后，暗中观察着草叶的动静。

只见站在洋房门前的草叶连玄关的门都没敲一下就进去了。

小翔霎时间没了主意，不知道该不该跟过去。但没过多久，草叶便轻轻巧巧地从门里出来了。跟在他身后出来的还有……

是大家翘首企盼的本间同学！

"……本间同学！"

小翔忍不住大声呼喊起来，本间同学和草叶齐齐转向他所在草丛的方向。

"怎么又是你……！"草叶重重地咂了一下舌。

"坂上同学？"觉察到可能是小翔躲在那里的本间同学也吓了一跳，大声反问道。

被发现了，还能怎么办呢？

小翔只好朝站在洋房大门口的本间同学和草叶的方向跑过去。

"本间同学，你没事吧？"

"对不起！"本间同学说着弯腰鞠了一躬。

"你还好吗？"

"嗯。"

"大家都在找你。你伯父伯母也很担心你。"

"真是对不起！"

本间同学把头低得比刚才更低了。

"……诱拐犯呢？已经逃跑了吗？"

小翔往四下里东张西望地边观察边问道，本间同学又低下头去，摇了摇头。

"不是的，没有人诱拐我……是我自己从音乐会会场溜出来跑掉的。"

"你自己溜走的？"

"嗯……不过，我现在正在进行深刻的自我

反省。我希望能向来会场听我音乐会的人一一道歉，还有举办音乐会的相关工作人员……"

本间同学再也说不下去，咬住了下唇。

"就是说，"站在本间同学身旁的草叶微微耸一耸肩，对小翔说道，"他开始厌烦演奏了，把音乐会撂下不管了。"

"我不是感到厌烦了，只是最近经常感到吃不准，不知道拉出的这个音是不是真的拉到位了……找爸爸妈妈谈心，可他们只会坚持说我这只是一时的迷失，强调只有多加练习才能摆脱困境！这回的音乐会，我也确实没有信心，不知道能不能拉出自己的真正水平。但是，我自始至终都没有要撂挑子的意思。"

"那么，你为什么干出疑似离家出走的事情呢？不但给那么多人添了这么大的麻烦，而且产生了重大损失，这些你都明白吗？"

草叶以故意刁难的口吻一追问，本间同学的长睫毛顿时轻轻地垂下了。

"我当然明白的。"

"那么，是有谁教唆你这么干的吗？"草叶问。

"怎么说呢，要说有人教唆……当时，我待在大舞台的休息室的时候，音乐制作人高见川女士来了。"

"是高见川麻理啊……"草叶很不屑地说出这个名字。

高见川麻理！那个形迹可疑的女人！她把小翔他们从这幢夜见岗的洋房门前赶跑，那天在休息室的言行举止也透出十二分的古怪。

直觉果然正确！她果然跟本间同学的失踪密切相关！

"高见川女士说要带我去见雅玛尼尼。"

"雅玛尼尼？"

"嗯。他是享誉世界的小提琴家，也是我崇拜的偶像。怎么说呢，他能够演奏出沁人心脾、宛如天籁的音色……"

音乐会那天，高见川麻理出现在了本间同学的休息室内。

"你的琴音最近不够清亮啊！"

听她一开口就作出这样的评价，本间同学不

由得一怔。自己心头的困惑难道被她看穿了？

"照这样下去，你肯定就毁了。尽管目前受尽追捧，所有人都'天才天才'地夸你，但是你还没达到真正的天才水平。如果你不能摆脱内心的犹豫，就这样放任自流的话，将来顶多只能成为一个还算心灵手巧的小提琴手。现在必须想办法突破，否则永远无法挽回了！"

这一番一针见血的恐吓，让本间同学实在难以招架。

"听我说，"高见川麻理带着鼻音说，"今天，来日本访问的雅玛尼尼要离开了。"

冷不防听到那个雅玛尼尼的名字从她嘴里蹦出来，本间同学不禁眨了眨眼睛。

"我找他谈了谈，他答应今天在机场的贵宾休息室进行一对一授课……如果你想去的话，我带你去。"

"什么？带我去？"

"是的。"高见川说着微微一笑，"只要现在马上离开这里，就能赶上约定的时间。怎么样？"

"可是，音乐会马上就要……"

"这种小场面的音乐会跟雅玛尼尼的课相比，哪个更重要？雅玛尼尼年事已高，这样的好机会可不会再有第二次了！"

本间同学犹豫极了，不知道应该选择哪一个。

该选音乐会，还是该选雅玛尼尼的课……？

最终，还是高见川的"不会再有第二次"这句话使本间同学下定了决心。

换句话说，他最终决定抛开音乐会，去机场上课。

6 神秘的赝品收藏家 "K"

坂上翔迷惑不解。

究竟哪个是真、哪个是假？

　　"于是，你放了大家伙儿鸽子，等于往特意赶来听你拉小提琴的人们脸上啐了唾沫。"

　　草叶带着责备的口吻说完，本间同学的头垂得更低了。

　　"嗯。我也认为自己真的做得太过分了。后来我也想过回伯父家，可是又害怕回去……跟高见川女士一说，匆忙之间，她就暂时把我带到这里来了。但是，我每天满脑子想的就只有为这次的事件向大家道歉……"

本间同学那沮丧懊悔的模样，看着实在叫人于心不忍。

确实，许许多多的人都在牵挂着本间同学的安危，为了寻找他而四处奔走；但是现在，他已经平平安安地回来了，他本人也在进行深刻的反省，这样的话，就不应该再对他多加责备了吧？

这样想着，小翔把手搭上本间同学的肩头，心里盼望着他能振作起精神来的同时，朗声问道："可是，你跟你崇拜的人学了一堂精彩的课，不是吗？太棒了，不是吗？……怎么样，课上得开心吗？"

"嗯……说话了，可是没有上课。"

"怎么会这样？是没赶上时间吗？"

"我坐高见川女士的车按约定的时间及时赶到了机场。雅玛尼尼非常高大，笑容非常迷人，给人的感觉非常温暖……"

　　据说，雅玛尼尼一见到本间同学的脸，便立刻说道："看得出来，这名少年现在很烦恼。为什么要让小小的身体背负这么重的东西呢？"说着弯下腰来紧紧抱住了他。

　　本间同学不知不觉潸然泪下，禁不住把自己因为不知道该演奏出怎样的音色而茫然失措，还有为了来这里上课而抛开了今天的音乐会等等，凡是让自己忧心的事全都一五一十地对雅玛尼尼说了。

　　雅玛尼尼听完他的诉说，放开了本间同学的

身体，深深地叹了口气，对他说道："这样啊。你一直都很努力啊。孩子，你的问题就在于你努力过头了——我在你这个年纪的时候，每天和小伙伴们玩耍，吃很多好吃的，再练练琴，好好睡觉，睡醒接着再玩……每天重复这样的生活。

"你抛开音乐会赶到这里来，是很叫人遗憾，但是你要把这也当作一堂课，今后该你自己承受的东西，你都要好好地去承受，不要逃避。明白了这一点，才能演奏出真正的音乐。将来的某一天，请务必让我听一听你的音乐。"

据说，说完这番语重心长的话，雅玛尼尼微微一笑，便从本间同学面前离开了。

"嗬——雅玛尼尼太酷了！"

小翔受到了感动，情不自禁地这么一说，本间同学的脸上这才总算露出了浅浅的笑容。

"我想好了，早晚有一天，我一定要在他面前拉小提琴给他听！"

"嗯！"小翔点头表示鼓励。

然而，这个点头还并不能消除有关密室的疑问。

为什么本间同学忽然就从那密室里消失了呢?

"那个,本间同学是怎么从那间休息室溜走的呢?"

"是高见川女士不知道从哪里拿来了一套清洁工的制服给我……"

换上蓝色的制服,戴上口罩,戴上帽子并把帽檐压得低低的,这样一来,成功变身小个子清洁工!

无论从哪个角度看,都看不出是天才少年小提琴家。

经过乔装改扮的本间同学把自己的衣服放进水桶,带着离开了休息室,然后神不知鬼不觉地来到停车场,坐进了高见川的车里。

清洁工? 蓝色制服……

就是那个时候! 就是距离音乐会开演大约一小时以前,小翔他们正打算上休息室看本间同学的时候。说起来,当时那个清洁工险些同那个手捧花束的人相撞……

原来那个就是本间同学!

但是,小翔看见清洁工是在去到休息室之前。

后来，他们在休息室门口遇见了高见川，当时，本间同学的身影明明还好端端地留在屋里。

假如清洁工就是本间同学，那么待在那间房里的又是谁？

见小翔表现出苦思冥想的模样，草叶耸耸肩，冲他招招手，接着打开玄关门，伸出手指指向玄关过道里面，说："你看见的就是这家伙吧！"

只见昏暗的过道墙边，就站着一个本间同学！

面朝里，手上握着一把小提琴……

嗯？这是……！是照片！

是那张放大了的本间同学的照片……

没错，正是音乐会当天小翔他们四个跟它拍了无数张合影的那块3D宣传板。

"因为3D效果印制精良，所以看着活像他实际上就站在那里。如果把这个摆在本间的休息室里，恐怕谁都不会觉得奇怪。"

"原来是这样！"小翔这下彻底理解了，点点头说，"怪不得当时那个女人只把门打开了一点点——透过窄窄的门缝瞧见的，原来是照片上的本间同学啊！当时灯光昏暗，模模糊糊地看不真切，所以无论是谁，都会以为就是他本人站在那里。"

"……好了，错觉侦探先生，问题解决了吗？"

尽管草叶说这话时带着几分瞧不起人的意思，但小翔并不介意，接着问了另一个问题："刚才，我听见从这幢洋房里传出了小提琴的琴声……那是你吗？你那把小提琴不是放在大舞台的休息室里没带走吗……"

"哦，在这幢洋房里拉小提琴的确实是我。不过我拉的是高见川女士为我准备的小提琴……小提琴是非常娇气的乐器，必须定期进行保养。那天事先就安排好了，等音乐会一结束，就把琴送去养护，让乐器公司的人到大舞台来直接取走。所以我的小提琴就一直放在那里了。"

什么嘛，原来是这样啊！

还有一个费解的谜团，就是那间房间！

为什么类似于"艾姆斯房间"这种麻烦透顶的屋子，会出现在这样一个地方呢……

小翔正要指向走廊深处开在左手边的那扇门时，身后响起了人声。

"你是……"

是高见川麻理。

她那黑色的大眼睛睁得更大了，目不转睛地上下打量着草叶。

"呀——"草叶似乎来了逗趣的兴致，双手一摊，滑稽地说道，"好久不见！这不是高见川女士吗？"

"怎么回事？你不是他！他死了！……别这样！你为什么要扮成他？你到底……"

说到后来，高见川的嗓音都沙哑了。美丽的面庞也变得铁青，全身瑟瑟发抖，简直像见到了幽灵一般。

……啊？

小翔暗暗吃惊，看看草叶，又看看高见川。

草叶和高见川女士，难道原先认识……？

他死了？扮成他？

完全不明白她在说些什么，但是现场的气氛感觉上又不容许自己插话……小翔所能做的似乎只有乖乖待着静观其变。

草叶嘴角扯出笑意，朝高见川轻轻点了点头。

"你所说的他，是指那个在海外采访你的日

本新闻记者吧——但是，他为什么卷进那起事故并且客死他乡，我想你应该清楚得很。"

"我只不过……"高见川眨了眨眼，又直盯盯地注视着草叶的脸说，"虽然我不知道你是谁，又为什么要乔装成那个人的模样……他在东欧一座萧条的小镇采访期间遭遇了交通事故，就这么简单。"

"这我知道……据我迄今为止调查所得，情况是这样的：你借音乐制作人的工作当掩护，趁着前往东欧的机会购入了美术品，那是足以以假乱真的赝品画作。那名日本新闻记者上前跟你打招呼时，你已经成功购得画作。那个男人跟你攀谈了几句之后便驾车离开了。

"不料在数十米开外的十字路口，他的车跟一辆闯红灯的卡车相撞了，然后，他在医院被确认死亡。这就是整件事的来龙去脉。"

"——唉……没错，事情转瞬间就发生了。"高见川紧咬双唇，垂下了眼帘，"我马上叫了救护车……但是救护车迟迟不来。后来我陪着去医院，好不容易到了医院的时候，已经……"

"……"

草叶一言不发，双手缓缓地交叉抱在胸前。

过了一会儿，他对着高见川鞠了一躬。

"原来是这样。我曾经认定你是对他见死不救，当场溜了。实在抱歉。原来，你当时一直陪他到了医院，还看护了他一段时间……对不住了，谢谢！"

"……你是他的家人？"

"差不多吧。让我问一个问题。你好像时不时地出趟国，去购买那些高仿冒牌货——美术品和古董的赝品吧，那是怎么一回事？"

"在东欧的小镇上，他也问过同样的问题。我不过就是遵从那个人所托，遵照指示购买而已。作为回报，那个人会在我跟大牌艺术家交涉时帮我多美言几句，或者居中斡旋，帮我顺利拿到著名音乐厅的档期，对我帮助特别大。"

"你说的那个人是谁？"草叶探出身子问。

"我从来没有当面见过那个人，对方也只是通过写信或者打电话来委托我办事。买到所委托的物品，也只是通过邮政专用信箱进行交接。"

"寄信人的姓名和地址呢？"

"一直只留一个'K'字。"

"'K'……原来是赝品收藏家'K'啊。这么说，这回本间的事情，跟这位'K'的委托也有关系？"

草叶一追问，这回高见川竟然立刻点头，痛快得出人意料。

"……咳，这个嘛，告诉你们也没关系吧。"高见川笑着转向本间同学，开始了讲述，"本间是身上藏着真正了不起的才能的孩子，是真正的天才。不过，我依旧认为现阶段对你至关重要。如果你能得到那位雅玛尼尼的传授，肯定就能冲破目前的桎梏，更上一层楼……就在我这样想的时候，'K'的委托来了。要我拿到本间的小提琴盒里那把斯特拉迪瓦的'小刨刀'。"

"什么？要那把'小刨刀'？"

本间同学大吃一惊，别过头去。

"小刨刀"是什么东西？

小翔试着悄声问本间同学："那是什么？"

"是制作小提琴的时候使用的一种工具。我爸爸在去外国巡演的时候，偶然间在珍品市场发现了它，就买来送给我了。那是大约三百年前的古董，是一位叫作'斯特拉迪瓦'的世界顶级小提琴匠师曾经用过的小刨刀，极其贵重，平时就放在我的小提琴琴盒里。我也非常珍惜它，把它当作我的护身符。"

"难不成你们把人家那宝贝给偷走了？"

草叶皱起眉头追问，高见川却呵呵笑了两声。

"本间所拥有的那把小刨刀是仿造的，是有人仿照博物馆里头的展品仿造的、原本一文不值的假货，不过制作得挺精巧的。我不清楚'K'是通过什么渠道弄到的，只知道'K'手里有一把真品，带有官方正规鉴定书的。我得到的指示是，拿真品去调换本间的假货。

"我也希望他这位神童能够拥有真品，而不是假货。真正的古董小刨刀，已经放进了送去乐器店保养的那把小提琴的琴盒之中。假货估计也已经到'K'手里了吧。"

"你是什么时候调包的？"本间同学问。

"就在你乔装成清洁工，走出休息室之后呀。当时房间里就只剩下我一个人了。"

嗯——总的来说是怎么一回事呢？

小翔深深地呼吸了一口气，把迄今为止听到的所有人的话在头脑里迅速地进行总结——

高见川希望本间同学去听雅玛尼尼讲课，就帮他乔装改扮，并且最终带他离开了音乐会现场。

与此同时，高见川又趁本间同学先一步离开，不在小提琴琴盒旁边的好机会，把小刨刀调了包。她做这件事是因为接受了那位赝品收藏家"K"的委托。"K"希望把假的小刨刀弄到手，而把真的那把调换给本间同学。

本间同学的确见到了雅玛尼尼，但却没能听他讲课。

结果，他想回家又不敢回，只能暂时待在这幢洋房里了。

可是，那位赝品收藏家一个劲儿地收集冒牌货，究竟有什么居心？

按照他们所说，这个人专门收集高仿假货，但是，假货应该没什么价值才对。究竟是什么原因让这个人费尽心机收集这些毫无价值的东西呢？

还有，草叶跟高见川的关系，也还是一个没

解开的谜……

　　就在小翔百思不得其解之际，杂树林那边隐隐约约传来了警笛尖厉的响声。

7 电视剧比事实更离奇

坂上翔用自己的手蒙上了自己的眼睛。

好了吗？好啦——

松开手再看四周——

"本间音也！"

呼喊着跑到小翔他们身边来的，是山本警官和另外两位警官。

这时待在洋房门前的，就只有小翔和本间同学。听到警笛声的一刹那，草叶和高见川马上一个转身，分头跑进树林深处去了。

　　同来的另两位警官当即飞快地奔进了洋房。亲眼看着他们跑进屋以后，山本警官露出大白牙笑了笑，站到了本间同学面前。

　　"对不起！"本间同学低下头躬了躬身子，道歉说，"给您添了不少麻烦……"

　　"呀——太好了，太好了！"山本警官说着重重拍了一下本间同学的肩膀，魁梧的身体弯下腰来。接着，他注视着本间同学的脸说，"身上有没有什么地方觉得痛？肚子饿不饿？"

　　"我没事。"

　　就在这时，从洋房里传来了高喊声——

　　"没发现任何异常！"

　　"里面一个人也没有！"

　　"坂上，"山本警官保持着弯腰的姿势，抬头看着小翔的脸说，"抱歉。刚才收到的消息，后来证实是跟本间完全不搭边的另一个男孩子。当时他跟他爷爷正在去学小提琴的路上。要是我能好好听你说话，就能早点赶到这里来了……对了，这里好像没有其他人了？你说的那个女人……"

"不是的，他们刚刚还在这里，这会儿跑开了。不过，这好像并不是一起诱拐事件。"

"嗯。"山本警官点点头，喊着"哎哟嘿"站直了身体，"具体情况等送本间回家后再问吧……本间，你伯父伯母在家等着你呢，也都担心死了。好了，回家吧！"

他们坐警车一到本间同学伯父家门前，就看见外面站着的除了他的伯父伯母之外，还有一对夫妻模样的人：女人很漂亮，长发烫成了大波浪；男人身材高大，留着胡子……

这一定是本间同学的爸爸和妈妈！

本间同学一从车上下来，说时迟那时快，他妈妈已经伸手过来紧紧地抱住了他。

"音也……！"

他爸爸也在擦着眼角。当他妈妈搂着本间同学的肩膀来到他爸爸面前时，不料他爸爸却猛地大喝一声："小糊涂蛋！"接着又呜咽着骂他，"你小子……从音乐会上溜走，还害大伙儿为你担心……"骂着骂着张开双臂将本间同学紧紧地拥入了怀中，霎时间放声大哭起来。

被爸爸妈妈紧紧拥抱在怀里的本间同学，脸颊上也止不住地滚落大颗大颗的泪珠——惹得站在一旁的小翔眼中也跟着泪水直流。

从本该是本间同学的音乐会的那天算起，又过了一周。星期天下午——

小翔他们四年级一班生活小组一小队的队员，来到了"满福咖啡"。

这里是文太的父母经营的咖啡馆。

小翔、柚佳、叶月及文太他们四个，坐在店内最靠里的包厢里喝着文太的妈妈端过来的冰可可，看着挂在墙上的电视。文太外加吃着他亲手做的特大号冰淇淋。顺便提一句，本间同学因为有课，今天没来这里。

四个人在看的屏幕上播放的，是重播的猜谜节目。

节目主持人是一位能说会道的大牌艺人，解谜嘉宾有明星、漫才师①、偶像歌手等。节目兼具

---

① 漫才是日本曲艺的一种，两人组成一对，进行滑稽性的对话，类似于我国的相声。漫才师即表演漫才的演员。——译者注

宣传新节目的功能，由即将播出的电视剧、综艺节目、新闻等栏目的演职员们来出题，问题五花八门。

小伙伴们心不在焉地看着电视，屏幕上忽然就从广告切换到了正式节目，会场响起掌声，笑容可掬的主持人快步走入会场。

"各位各位！接下来，有请今晚稍后从9点开始连续播放两个小时的电视剧《黑夜遇狐》的女主角扮演者庭野桃小姐出题！"

庭野桃！超级粉丝小翔条件反射般地伸长了上半身。

镜头唰地变成在录制间录制节目的画面，推近了庭野桃的笑脸。

"大家好！好久不见。我是庭野桃。"

啊——是桃姐姐！

真的太久不见了。自从上次见面以来，都过去一个月了，她依然是这样漂亮又可爱！

画面上的庭野桃自然不是在跟小翔攀谈，但小翔还是怀着满腔热情，在心里默默地和偶像聊起天来。

　　一个月前发生宝石盗窃风波时，小翔直接见到了庭野桃本人。他挺身而出维护被当作嫌疑人对待的她，甚至抓住了破案的线索。后来，她向他道了谢，而且对他说："期待再次见到你！"

　　就因为这，对小翔来说，庭野桃的女神形象变得越发崇高了。

　　柚佳在一旁斜眼瞄着，忍不住拿胳膊肘使劲顶了一下他的侧腹。

　　"我实在看不下去啦！坂上，瞧你那样儿！

也太色眯眯啦！"

"嘘！"叶月伸出食指竖在嘴前，提醒说，"现在开始进入关键环节了，安静！"

画面上，庭野桃开始讲述电视剧的内容。

"稍后从9点开始播放的《黑夜遇狐》，是一部稍许有些恐怖的悬疑剧。主人公立川初花是一名普通上班族，这个女孩尽管屡屡遭遇挫折，但却依然积极认真地投入工作。不料有一天，当她醒来时，发现自己竟然身处一幢完全陌生且令人匪夷所思的洋房内。洋房里面有一个神秘男子在监视着初花的一举一动。啊，一起杀人案随之缠上了她！是梦境还是现实？在反复经历离奇事件的过程中，初花的记忆一段接一段地失去——到最后……"

正当庭野桃皱起好看的眉头，打算继续往下说的时候，她身后的一个男人冷不防伸出手来捂住了她的嘴。

那男人是如假包换的吸血鬼！

眼睛布满血丝，惨白的额头青筋暴起，嘴角长出尖锐的獠牙，獠牙上沾着鲜红的血……！

就在小翔担心那对獠牙会插入庭野桃纤细的脖颈的一瞬间，吸血鬼猛地脱掉身上穿着的黑色斗篷扔在了地上，露出了里面的真身……

是演员川村修司！

"小桃，不行，你不能透露结尾！"

"呜咕咕咕（川村先生）！"

庭野桃的嘴这时仍然被川村修司的手捂着。

小翔狠狠地瞪着画面上的川村，心说：这家伙竟敢如此野蛮地对待桃姐姐！

文太看着画面嘟囔道："啊——听说这个川村修司吧，在好莱坞还是什么地方，学过几年的特殊化妆。不过来这么一手，戏会不会太过了？"

"请大家务必收看我跟小桃合演的《黑夜遇狐》！"

"呜咕咕咕咕（请务必收看）！"

川村修司与庭野桃从画面中消失，屏幕上开始播放剧情背景。伴随着令人毛骨悚然的钢琴声，打出了"黑夜遇狐"这个剧名，接着出现晨霭笼罩的树林，然后是盖在林中的一幢洋房……

"这就是那幢洋房！"

出现在画面中的，毫无疑问就是夜见岗上的那幢洋房。

小翔他们把身子伸得越发长了，不错眼珠地盯着屏幕。

画面从庭野桃精神抖擞地在公司上班的片段开始，转到她在洋房的床上醒来后大惊失色，再转到川村修司所扮演的神秘男子……

然后是庭野桃和川村修司的对手戏——

"你到底是谁？""你应该知道。"

还有其他演员的表演场景，在这间隙又穿插进不少富有幻想色彩的画面，如戴狐狸面具的孩子、眼睛圆溜溜的市松木偶①、呆坐在木偶旁边的庭野桃（身上穿着跟木偶一样的和服）等等。

接着出现的场景是庭野桃进入挂有那幅肖像画的房间！

"……真正的我在哪里？"庭野桃带着疑惑的神情满脸忧伤地喃喃自语道，一边往房间深处走去。于是，她的个头眼看着噌噌噌地长上去了——

_____

① "市松木偶"是可以更换服装的儿童形象的木偶，得名于日本江户时代一位专门扮演小伙子的歌舞伎演员佐野川市松。——译者注

是"艾姆斯房间"！

房间的场景转眼切换成一名女性遇刺身亡的画面。

"这是一起杀人案！"

"嫌疑人是……我？"

庭野桃回过头来神秘地一笑，电视剧的宣传预告片到此结束。屏幕上忽然又切换成了庭野桃与川村修司笑着挥手的画面。

"那么，问题来了。"庭野桃开始读手上拿着的问题卡片，"说到乌冬面，分狐狸乌冬和狸猫乌冬两种。狸猫乌冬面里面放的是天妇罗碎渣，请问，狐狸乌冬面里放的又是什么呢？"

镜头转回到录制间，主持人非常配合地一笑，马上就又插播广告了。

文太也马上按下了摇控器上的"关机"键，嘟嘟囔囔地对节目发了一句牢骚："真是的，肯定是油炸豆腐嘛！太简单啦！"

"喂，可不就是那幢洋房？"叶月对小翔和柚佳说，没去理睬文太。

"没错！"小翔说得斩钉截铁，"就是夜见

岗上的洋房。"

"电视剧里用到的'艾姆斯房间',一定就是我们看到的那个。"柚佳说。

"是的。"叶月说着点点头,"昨天,正在看这部电视剧的时候,这房间冷不防就出现了,吓了我一大跳。"

"拍电视剧的时候肯定租用了那幢洋房吧。"小翔发表意见说。

"嗯。看完片子以后,我让妈妈打电话问那位认识的监制了。这才知道,那个'艾姆斯房间'的场景,说是一开始本来打算利用 CG① 来制作桃姐姐变大变小的画面,但是因为预算和拍摄进度之类的问题,这个方案没法实施。这时候,导演想到了以前在美术馆看到过的'艾姆斯房间'。于是,负责大道具的工作人员就花了大约两个小时在那幢洋房里面布置了那个房间。"

"什么嘛,原来根本就不是什么妖怪城堡呀!"文太说,看样子松了一口气。

"你还说!这个问题老早就解决了好吧!"

---

① 英语 Computer Graphics 的缩写,即计算机图形技术。——译者注

柚佳说着就戳了他一下。

　　昨天在学校，小翔他们针对洋房里的"艾姆斯房间"询问了本间同学。

　　"你们问那个房间？那栋房子的一楼有一个房间，打开一看，很奇怪，墙壁和地面铺的都是胶合板。没错，房间深处是挂着一幅画。我走进去才发现，地板和墙壁，还有天花板都是倾斜的。我不明白为什么要弄成这样，就走到挂画的地方，然后就离开了房间，就是这样……"

　　听本间同学这样说，小伙伴们就向他说明了"艾姆斯房间"的错觉陷阱。本间同学听了以后非常惊讶，表示完全没有注意到那个房间居然是利用了这样的原理。

　　"可是，感觉还是有妖怪的。"说着，文太的身子再次猛地颤抖了一下。

　　"听我爸说，高见川麻理在那之后马上又出国了。"柚佳说着喝光了剩下的可可，"不过她好像在电话里说明了情况。听我爸说，她解释说，很简单，因为本间同学说不想回家，就让他住在那幢洋房里了。"

"唉，她说得也有道理。"小翔说。

关于把本间同学带出音乐会会场这一点，当时只要本间同学说"不去"就可以，尽管高见川抛出了相当大的诱惑，但是如果她辩解说那个行为是由本间同学本人的意志所决定的，也就没什么好说的了。

"我爸是这么说的，无论理由是什么，就冲高见川干的事情，定她个诱拐未成年人未遂，也不是不可能的，总之等她一回国就严加追究，查清楚事实。不过我爸又说，本间同学的爸爸妈妈好像不想把事情闹得太大，所以很有可能在对她进行严厉警告之后，把档案提交检察厅就算完事了。"

"这样啊……"

实在不愿意想象那样漂亮的人被关进监狱的情景。小翔稍稍松了口气，摸了摸胸口。

"还有，关于偷换小刨刀这一点，她坚持说自己不知道。那把小刨刀也检验过了，除了本间同学和他爸妈的指纹以外，什么也没检出来，况且本来就不清楚东西是真是假，所以确定偷换是事实，好像也挺有难度的。"

"……可是，这么一来，那幢洋房里为什么会有'艾姆斯房间'这个谜团总算是解开了……本间同学的神秘失踪事件也解决了。"叶月说着对小伙伴们嫣然一笑。

可是，总觉得还有什么事情悬而未决——对了，草叶为什么要调查那幢洋房呢？

小翔双手抱胸重新坐好时，他的口袋里"沙沙"响了两声。

嗯？什么东西？

小翔把手伸进口袋，掏出来的是……

是一张纸片。上面记着小翔破解过的夜见岗的地址。不过，骷髅标记仍然是个谜。

"我们现在把它拿到二谷叔叔那里，大家齐心协力来把剩下的密码破译了吧！"

对于小翔的这个提议，小伙伴们重重地点头表示同意。

8 隐藏在密码里的信息是？

坂上翔不知所措。

自己想要传达的信息，对方接收不到……

语言砌成的这堵墙，应该怎样去推倒呢？

这里是二谷叔叔的研究室。

桌子上摊开着小翔捡到的那张写有密码的纸。

小翔他们四个此刻正规规矩矩地坐在二谷叔叔对面的沙发上。

小狗蓬佐把鼻子伸到桌上来，看神情像是在问：

"有什么我可以帮忙的吗？"一边不停地摇尾巴。

"原来是这样……小翔真棒，靠自己的力量破解了这个密码。"二谷叔叔笑着对小翔他们说了起来，"记得在我小的时候，我父亲有很多圆纸牌。"

"圆纸牌？"

"对。你们知道吗？就是圆形纸片，上面印着各种图画的那种东西。我和弟弟经常拿父亲的圆纸牌来玩。我们还经常拿这些圆纸牌玩跟这个感觉一模一样的破解密码游戏。"

"……？"

"当人类的眼睛遇到某样东西的某个部分因为被隐藏而看不见时，人类的大脑就会试图想象那被隐藏的部分是什么形状，是怎样一个东西，想象它的形态。这时，大脑会自动运转，眨眼间就能在脑海里描绘出来。只不过，如果不明白'有什么被隐藏起来了'这一点，大脑就不会运转。只有当你醒悟这里面有所隐藏时，才能下意识地去推测隐藏的部分，从而把握它的形态。"

确实，本来只看见乌糟糟的一团，当意识到

①

②

上面的两幅画画的是什么？

①的答案：**サッカク**[①] ②的答案：**サッカク**

鲁宾之壶

原以为是一幅白色的壶……不知不觉间看出了两张脸！

―――――――――

① "サッカク"意为错觉。——译者注

上面覆盖了圆圈，这里面好像"隐藏着"什么文字的那一瞬间，下面的文字不自觉地就能辨认出来了……

二谷叔叔接着又给他们看了好几个隐藏文字的案例。

"另外还有一种视错觉，明明没有却能看到，这在心理学上被称为'主观轮廓'……"二谷叔叔说着从书架上取出一个文件夹，"这张图上能看到三角形，对吧？"

"嗯。有三个黑色的圆，圆上面重叠着一个白色三角形。"小翔回答。

"说得对。那么，如果把这黑色的部分遮住两个再看呢？"

二谷叔叔说着拿来另一张纸盖在了上面。这样一来……

"咦？能看出那个圆像贪吃圆一样缺了一个口！"柚佳说。

"真的！刚才还一直觉得黑色的圆是完整的呢……"叶月说。

"接着把它还原——"二谷叔叔说着把上面盖

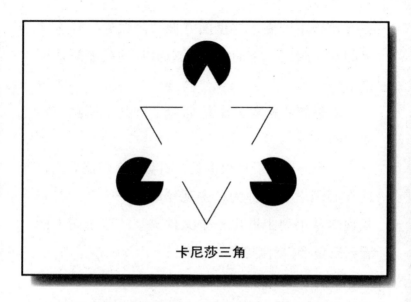

卡尼莎三角

　　上图中间部分看似画了一个白色的三角形，但其实这里画的只有
3 个黑色贪吃圆和 3 条折线。

　　实际上并没有画，却能够显示出来，这也是视错觉之一。

着的纸拿开。

　　"白色三角又回来啦！"

　　"这个呢，是意大利心理学家卡尼莎发现的，叫作'卡尼莎三角'。其实，这张图上并没有画什么白色的三角形，但是人的眼睛总希望发现有意义的东西，于是就看出了明明不存在的一个三角形。

"小翔带来的这张纸上的图，乍一看，看不出写的是什么，对吧？可是如果一边想着'下面应该隐藏着什么'一边看，把显露的信息联系起来，下面的文字就能辨认出来了。

　　"我和弟弟当年经常自己编这种密码，然后玩寻宝游戏。比如，把圆纸牌往上面一放就能读出字来。接着又在圆纸牌背面标上不同的数字，并且制定游戏规则，规定圆纸牌上的数字全部相加得到的数字就是藏在骷髅标记里的数字之类。

　　"这个骷髅标记上面画的细线是表明方位的符号。上北，右东，左西，最下面是南。看这个密码，骷髅标记指的是南面的位置。说明有人已经在藏宝地附近打上骷髅标记，宝贝就藏在从那里'往南走多少步'的地方。

　　"所以，要想完美地破译密码，必须集齐盖在这密码上面的圆纸牌，然后把写在背面的数字相加，再套到骷髅标记上，否则破译不了。"

　　"我明白了！这个密码是二谷叔叔的弟弟编的，对吧？"小翔有些兴奋地说。

　　"不会，应该不是我弟弟。"二谷叔叔笑着

白海豚与小白兔？

和"卡尼莎三角"一样，实际上仅仅画了黑色图形，是大脑自然而然地补全了以为应该存在的线，想象出了它们的轮廓。

否定了，"不可能的。那家伙只怕还待在美国的哪个地方呢。不过，这个游戏，我们兄弟俩教过邻居的孩子们玩，曾经风靡一时呢！所以很难说不是他们当中的某个人又教给自己的孩子，孩子自己又学着编了一个……还真是让人怀念啊！"

望着密码的二谷叔叔笑容满面。

小翔心里琢磨了起来：二谷叔叔有一个分散多年的双胞胎弟弟，在二谷叔叔十岁那年，他妈妈离婚后带着弟弟去了美国，这个弟弟后来似乎就杳无音讯、下落不明了。

细细地看的话，草叶和二谷叔叔长得很像，而且当时待在那块空地上的又只有草叶。假设是草叶掉落了这张纸，那么说明很有可能……

小翔是想着等找到确凿的证据以后，再把草叶的事情告诉二谷叔叔的……

"什么嘛，原来是小孩子玩的密码游戏啊！"文太无比遗憾似的说，"本来还充满期待呢，想着那边那幢洋房没准藏着什么财宝之类的。"

二谷叔叔笑了，翻开小翔带来的"错觉侦探团"的剪贴簿看起来。

小翔则打开二谷叔叔拿来的文件夹一页页地翻看。

文件夹里全是各种各样的视错觉图。

其中一幅吸引了小翔的目光。

黑白相间的格子图案……

咦，这样的图案好像在哪儿见过……

啊！想起来啦！

是妈妈出了差错的建筑公司前台的那面墙！

小翔把图拿给二谷叔叔看，请求他解释。

"哦，这是'咖啡厅墙壁错觉'……你们看到的图案是怎么样的？"

"嗯——白色和黑色的四边形全都摇摇欲坠。"文太回答。

"把黑白相间的带子一条条区分开的线全都歪了。"叶月回答。

"难道不是贴满了很像梯形的变了形的四边形吗？"柚佳回答。

"嗯，所有的横边看起来全都歪了，对吗？可是，这也是正儿八经的视错觉。这里画的四边形就是方方正正的正方形，既没有变形，也没有倾斜。"

"那是怎么回事？"小翔问。

"这张图你们也可以拿尺子来比比看。如果是斜线，那边右端和左端同样一段的高度应该不相等。"

四个人于是轮流拿尺子去量白色和黑色的图案。

结果证明再次上当受骗！

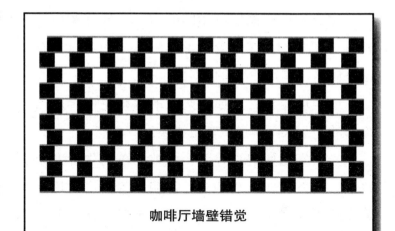

咖啡厅墙壁错觉

这些白色和黑色的瓷砖,是在向一边倾斜吗?

【答案】实际上,它们的边线既笔直又相互平行。

瓷砖的大小全部相同,全都是四四方方的正方形。

不信拿尺子比比看!

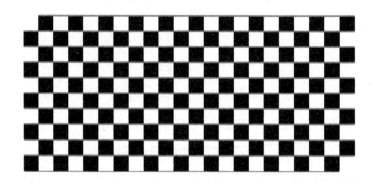

　　如果把白色与黑色的正方形错开,没有一点重叠,就能漂漂亮亮地形成笔直又整齐的棋盘格图案,也就不会产生看着歪歪扭扭的视错觉了。

是真的！这些黑白相间的带子全部等宽。看着歪歪扭扭的，其实全部保持着完美的平行。看起来倾斜，其实并没有倾斜！

这也就是说，正如妈妈说的那样，瓷砖是正方形的，工人师傅也没有犯错误！

当小翔把妈妈设计前台失败的事情告诉大家以后，二谷叔叔笑着说道："明白了。这样是会显得歪歪扭扭。不知道瓷砖拆下来以后还能不能再次利用，而且设计方案也要修改。不过只要不让白色和黑色的线段有所重叠，重新贴成漂亮的棋盘格图案，就不会显得歪歪扭扭了。"

"真的？"

"真的，绝对。"

好嘞！一到家就立刻告诉妈妈！

二谷叔叔再次把目光落到小翔制作的剪贴簿上面，表扬他说："做得真棒！"

"还有，那个所谓的赝品收藏家'K'，究竟是何许人呢？"叶月右手托着脸颊问道。

"是啊，专门收集冒牌货，是挺怪的。"小翔附和说。

"嗯——"

小伙伴们全都陷入了沉思，但仍旧想不出答案。

"算了，别想了，随它去吧。"二谷叔叔朗声说道，"你们还是不要深究的好。万一卷入什么事件当中就不妙了……对了，发现这个卷帘门上有脸的，是文太？"

剪贴簿中，有一段关于建在学校体育仓库隔壁小屋的那扇卷帘门上有一张大脸的记述，二谷叔叔正是指着那里问文太。

"嗯！"

文太一个劲儿地点头，嘴里还塞着阿洁亲手做的泡芙。

"这个呢，叫作'仿像现象'。像这样，一旦在倒三角的位置上有三个孔，人脑就会将它们当作'脸'进行认知。这是人类为了能够通过读取对方的表情，在瞬息之间判断是否有危险、对方是善意还是恶意，从而本能地作出的反应。"

二谷叔叔又拿来一个文件夹，向他们四个展示了有关"仿像现象"的照片。

真的，一个个看着都是"脸"！

树上的人脸……!

窨井盖上藏着猫?

"这么说，夜见岗洋房的那张脸也是！"小伙伴们不由得面面相觑。

"是啊。肯定就是'仿像现象'，被我们看成人脸了……听说几乎所有被说成是'灵异照片'的图片，都是这种'仿像现象'造成的。"

这真叫：幽灵原形毕露，"仿像现象"是真相！

"我就说嘛！怎么可能有妖怪这种东西呢！而且，卷帘门上的脸也是错觉。我真是目光敏锐啊！"

文太说着话就站了起来，圆滚滚的身子一摇一晃地跳起舞来了！

他是在模仿煤窑调①跳舞。得意忘形的他甚至怪腔怪调地唱起歌来。

"仿、仿、仿，仿像仿，仿像仿——"

蓬佐就在他脚边摇着尾巴跑来跑去转圈圈。

望着文太的这副怪模样，小翔他们再也忍不住了，捧腹大笑起来。

回家路上，小翔猛地停住了脚步。

---

① 日本民谣之一，起源于在煤矿井中唱的劳动歌，现在已成为酒席及宴会上唱的歌。——译者注

啊！刚才那个密码！

看上去像是盖在文字上的圆，一共 16 个！

小翔又把那张纸掏出来细看。

没错，同样大小的圆有 8 个，比这些小一点的圆另外还有 8 个……

这个，可不就跟之前那场宝石盗窃风波里面"月亮钻戒"和"太阳钻戒"盒子上镶嵌的钱币数量一模一样嘛！

一只盒子镶 8 枚大钱币，另一只镶 8 枚小钱币。

这些钱币都是伪造的，也就是假货。

而手上有这些伪币的……

是草叶！

二谷叔叔小时候利用圆纸牌玩过的解密游戏——记得他说过，当时，他们把写在圆纸牌背面的数字全部相加，然后通过套入骷髅标记之类的标记当中，去破译整个密码。

难道说，那 16 枚伪币的背面分别刻着不同的数字吗？

只要把那些数字全部相加，就能算出可以套入骷髅标记的数字！

如果是这样，按说草叶已经完美地破译了那个密码……

往南多少步的那个地方，到底有什么呢？

财宝？尸体？还是……

9 本间同学的音乐会

坂上翔在凝神注视。

明明没有却能看见……

明明能看见却没有……

可是，只要认认真真仔仔细细盯着眼前的东西看，相信一定能够辨认出它的真面目！

星期一放学后，小翔他们来到了妖怪坡的前面。

今天因为老师要去进修，课上午就上完了。

先回了一趟家以后，一小队的五名队员骑着

自行车来到了这里。他们想要对妖怪坡进行现场查证，需要拍一些照片回去。

然而……

坡没了！

五个小伙伴呆立当场，看着车斗里装满泥土的大卡车在他们面前开来开去。

印有"夜母津建设"这五个大字的白色施工挡板把四周围了起来，挡板里面，一台通体黄色的动力铲正在吱吱嘎嘎铲着山坡原来所在的那一块地方的泥土。

这里已经完全变成了工地！

"这是要干什么？"柚佳不满地嘟囔道。

"那里竖着一块施工牌。"本间同学指着挡板的方向说，"好像要盖公寓吧。"

小伙伴们仔仔细细读了一遍施工牌，得知将来要建十层楼的公寓房，委托单位是 SK 艺术振兴财团。

"上面那幢洋房会不会也被拆掉啊？"叶月说出了心中的担忧。

"我想，多半已经没了。"文太说着抬了抬

下巴，指向动力铲旁边的瓦砾堆。那里堆积着破砖碎瓦、木材等废料——是那幢洋房确定无疑。

柚佳拿出放在自行车车篮里的红色橡胶球，在地上砰砰砰地运球。

"啊——我多么期待亲眼看一看这只红球骨碌骨碌爬坡的样子啊！"

"没错。"叶月接过话茬说，"我也好期待再看一眼洋房屋顶上的那张'脸'啊……"

"算了，没办法了。"小翔说着跨上了自行车，"喂，要不要上对面看看？"

"对面？"

"嗯。因为从这里再往前，我们就没走过了。我想去看看那里有什么。"

没走过的路……

此时此刻，我的周围净是从没去过的陌生道路。

是的，只要踏出一步，就一定会有全新的发现！

"好啊！"

"赞成！"

"这也是一种探险吧！"

"就去看看！"

于是小翔大喊一声"出发——"，踩动了自行车的脚踏板。

× × × × × × × × × ×

坂上翔坐在夜母津大舞台的观众席上。

他右边的座位上坐着妈妈，左边坐着爸爸。

独自一人去外地工作的爸爸少有地回家来了。

爸爸不在家会让小翔感到寂寞，近在身边又让人不由自主地想要发笑……

小翔身后的座位上坐着山本警官和柚佳。柚佳生气地对她爸爸诉说着什么，惹得山本警官难以招架。而另一位坐在柚佳身旁的，就是庭野桃！

小翔他们给她寄去了请柬，结果她真的来了！

庭野桃的左边是二谷叔叔，他照旧穿着脏兮兮的白大褂就来了，引得柚佳她们直皱眉。

与庭野桃同一排的座位上依次坐着叶月的妈妈、文太的妈妈和叶月，她们在愉快地说着话。没看见文太的身影，不过可以确定，他一定是在大厅吃东西。

小翔的妈妈刚才一直在向二谷叔叔道谢，简直到了执拗的地步。

妈妈没做好的那件工作，即出现"咖啡厅墙壁错觉"的那面墙，最终在她接受二谷叔叔的建议后，被更改为普通的棋盘格图案。而且，完工后的前台似乎还摆了一件二谷叔叔的发明——不可思议物体——作装饰。

本间同学又必须转学了。

"我也希望在这所学校再多待一段时间……"本间同学低垂着眼帘，把转学的事告诉了小翔他们，"我爸爸要去意大利的一所音乐大学当老师了，所以，我和妈妈下个月要去那里。我也能请那边有名的老师给我上课了。可以的话，我还想去见一见那位雅玛尼尼……"

虽然满肚子都是遗憾，可如果他是因为这个原因转学，应该笑脸欢送才对！

"我永远支持本间同学！"叶月说。

"加油！"柚佳说。

"别忘了发意大利美食的照片给我哦！"文

太说。

"就算转学了，你也照样是'错觉侦探团'的团员，这一点不会变。如果发现了什么有趣的事情，我们就相互报告哦！"

就这样，小翔他们和本间同学一一紧紧握手道别。

本间同学的神秘失踪事件顺利解决。

于是，一度无奈中止的音乐会很快重新举行。

不过，至今没弄明白的问题仍然剩下许多——

破译了密码的草叶，当时在夜见岗究竟拿到了什么？

所谓在外国小镇上遭遇车祸死亡的那名新闻记者，到底是谁？

所谓的赝品收藏家"K"又是何许人？

更加令人费解的，是草叶在夜母津饭店拿到手的竟然是仿造的古钱币，也就是冒牌货这一点。

这回，本间同学的小提琴琴盒里被偷走的是一把仿造的小刨刀，而且委托人正是那位收集假货的赝品收藏家"K"。

那"月亮钻戒"与"太阳钻戒"的盒子上所用的伪币与"K"、草叶之间有着怎样的关系？

一桩桩一件件，全都是尚未解开的谜团……

不过，此时此刻先只管祈祷本间同学在接下来的演奏会上取得成功……

还有我自己，尽管自认为目前什么才能也没有，但是，什么也没有不就说明什么都有可能吗？

相信一定会有一个不输给本间同学的、灿烂的未来在等着我！

开演的铃声响彻会场。

灯光暗下来，红色的帷幕缓缓升起。

舞台上，站在聚光灯下的是——

是本间同学。他手握小提琴，对着台下深深地鞠躬。

在他身旁，是他留胡须的爸爸。他爸爸身穿晚宴服，手上拿着一管银色的长笛；而坐在黑色大型钢琴前面的则是本间同学的妈妈，身穿一袭紫色长裙。

当三个人慢慢地对着观众一鞠躬，会场内顿时响起雷鸣般的掌声——

小翔也向本间同学一家人送上了热烈的掌声。

参考文献

《视错觉大解析 令大脑受骗的科学心理学的世界》
〔日〕北冈明佳 著（Kanzen 出版）

《错觉的科学》
〔日〕菊池聪 著（放送大学教育振兴会发行）

《骗人画·视错觉大辞典（幻视艺术图鉴）》
〔日〕椎名健 主编（茜书房出版）

《骗人画 心理迷宫游戏书：欢迎来到超不可思议实验室！（河出梦文库）》
〔日〕竹内龙人 著（河出书房新社出版）

《错觉大研究 从幻视艺术到戏法》
〔日〕北冈明佳 主编（PHP 研究所出版）

《视错觉大探秘》
〔日〕新井仁之 主编／著 儿童俱乐部编（密涅瓦书房出版）

《激活大脑机制你也能画 骗人画练习帖》
〔日〕竹内龙人 著（诚文堂新光社出版）

参考网页

北冈明佳视错觉网页
http://www.ritsumei.ac.jp/~akitaoka/

错觉专栏
http://www.kecl.ntt.co.jp/illusionForum/index.html

本书第 86 页上刊登的"坡道错觉"的照片引用自对梨成一先生（立命馆大学研究员）的"神秘地带"照片。